이윽고, 무언가
Mindfulness 바뀌기
시작했다

이윽고,
무언가
바뀌기
시작했다

초판 1쇄 인쇄 2019년 4월 22일
초판 1쇄 발행 2019년 4월 29일

지은이 송혜주

펴낸이 김남전
기획·책임편집 서선행 | 외주교정 김연희 | 디자인 정란
마케팅 정상원 한웅 정용민 김건우 | 경영관리 임종열 김하은
콘텐츠 연구소 유다형 이정순 박혜연 정란

펴낸곳 ㈜가나문화콘텐츠 | 출판 등록 2002년 2월 15일 제10-2308호
주소 경기도 고양시 덕양구 호원길 3-2
전화 02-717-5494(편집부) 02-332-7755(관리부) | 팩스 02-324-9944
홈페이지 ganapub.com | 포스트 post.naver.com/ganapub1
페이스북 facebook.com/ganapub1 | 인스타그램 instagram.com/ganapub1

ISBN 978-89-5736-253-2 03810

가나출판사는 당신의 소중한 투고 원고를 기다립니다. 책 출간에 대한 기획이나 원고가 있으신 분은 이메일
ganapub@naver.com으로 보내 주세요.

삶에서 빼기를 시작한 지 90일

이윽고, 무언가 바뀌기 시작했다

Mindfulness

송혜주 지음 ─────

일상은 그렇게 단순해지고 ─────
삶은 가벼워진다

가나출판사

나만 뒤처지는 것
같을 때

4장

내 삶의 균형을
찾고 싶을 때

하루하루 버티듯
살아가는 사람들에게

처음 명상을 시작한 것은 이탈리아에 있을 때였다. 우연히 글렌 앨솝Glen Allsopp의 팟캐스트 인터뷰를 듣고서 명상에 크게 흥미를 가지게 되었다. 그는 새벽 4시에 일어나 가장 먼저 명상을 한다고 했다. 사실 그 전에도 온라인 마케팅이나 비즈니스에 관한 정보를 검색하러 구글 사이트에 들어갈 때마다 '마인드풀니스(Mindfulness)', 즉 마음챙김이나 명상 얘기를 자주 접했다. 애리애나 허핑턴, 스티브 잡스, 오프라 윈프리, 제니퍼 애니스턴, 휴 잭맨, 지젤 번천, 케이티 페리, 마돈나, 데이비드 린치, 마틴 스코세이지, 폴 매카트니 같은,

세상을 이끌어가는 성공한 사람들이 매일 명상을 한다는 사실은 익히 잘 알려져 있다.

물론 10대에 검색엔진최적화 마케팅 전문가가 되어, 글로벌 기업들을 고객으로 두고 연간 수십 억씩 버는 사업가인 글렌도 범접할 수 없는 사람이긴 하다. 그래도 마돈나나 오프라 윈프리보다는 더 가깝게 느껴졌고, 그가 들려주는 명상 이야기는 나를 훅 끌어당겼다.

그때부터 명상을 열심히 공부하며 잘하려고 애를 썼다. 명상은 할수록 어려웠다. 편안함을 느낄 때도 있었지만 답답할 때가 더 많았다. 잘하고 있는지 어떤지도 알 수 없었다. 명상원을 찾아가고 싶어도 선뜻 나서기엔 망설여졌다. '명상원', '명상센터' 하면 개량 한복을 입은 중년의 사람들 십여 명이 모여 앉아 단전호흡 같은 것을 배우는 모습이 떠올랐기 때문이다. 사이비 종교단체 같은 데에 잘못 발을 들여놓게 될까 봐 두렵기도 했다. 장시간 미동도 없이 가부좌를 하고 앉아있는 모습을 상상만 해도 신음소리가 났다. 종교와 관련 없이 제대로 된 명상만을 배우고 싶었다. 2년 정도 시간이 흘렀다. 그러다 인생이 늘 그렇듯, 우연히 지금의 명상원과 인연을 맺게 되었다.

명상으로 인생이 180도 확 달라지진 않았다. 엄청난 성
공을 거두지도 않았고, 갖고 있던 병이 저절로 나은 것도 아
니다. 기다리고 기다렸던 소울메이트와 만나지도 못했다.
온몸을 적시며 극도로 행복을 느끼게 해준다는 하얀 빛도
못 봤고, 하루하루 꽃길만 걸으며 살고 있지도 않다.

나는 여전히 짜증이 나고 화도 난다. 일상에는 항상 좋은
일과 좋지 않은 일이 번갈아 일어난다. 변화가 있다면 '그럼
에도 불구하고 나는 괜찮다'는 거다. 예전처럼 상황이나 사
람 때문에 많이 흔들리지 않는다. 좋은 일이 일어나도 집착
하지 않게 되고, 나쁜 일이 일어나도 기꺼이 받아들이려고
한다. 즐겁고 행복한 일이 일어나기를 바라지도 않는다. 시
시하고 지겹게만 느껴졌던 일상을 '지금 이 순간'으로만 단
순하게 여기며 살게 됐다. 더 이상 내 자리를 찾기 위해 애
쓰지도 않는다. 집착을 놓는 일이 조금씩 수월해진다. '~해
야만 한다'고 스스로 옥죄었던 생각들을 하나씩 내려놓으니
슬그머니 그 자리에 평온이 찾아왔다.

마음의 평온은 복잡한 도심을 벗어나 산속의 절로 들어

가거나 인도의 힌두 사원인 아쉬람, 미얀마나 티베트 등지의 수도원을 찾아다니는 기인들이나 누릴 수 있다고 생각했다. 그런데 그 마음의 평온이 지금 여기 내 일상 속에도 점점 자리 잡아간다.

나는 늘 한국을 떠나면 행복해질 수 있을 거라 생각했다. 내가 나고 자란 땅에서는 온전히 속할 곳을 찾지 못했기 때문이다. 어릴 때부터 집에서는 가족들과 가치관이나 성격이 안 맞아서 '별종'이란 소리를 들었고, 학교에서도 친구들과 공통된 관심사를 찾을 수 없었다. 사회에 나와서도 마찬가지였다. 겉으로 사람들과 함께 웃고 떠들어도 진심으로 즐거웠던 적은 별로 없었다.

늘 보이지 않는 경계선에 홀로 서 있는 느낌이었다. 평범한 삶은 아니지만 완전히 다른 삶도 아니었다. 어디에도 속하지 못한 채로, 외국에만 가면 마음 둘 곳을 찾을 거라고 막연한 꿈을 꾸며 살았다. 그러다 운 좋게 원하던 나라에서 살 기회가 찾아왔다. 내 나이 스물다섯 살이었다.

그 뒤 12년, 결코 짧다고 할 수 없는 시간을 일본, 영국, 이탈리아에서 보냈다. 그러나 불행히도 내가 있을 자리는 끝내 찾지 못한 채 한국에 돌아왔다.

"나는 현실을 더 분명히 보기 위해 위파사나 명상을 합니다. 바로 지금 이 순간 여기에서 일어나는 것을 있는 그대로 보기 위해서요."

세계적 베스트셀러 《사피엔스: 유인원에서 사이보그까지》를 쓴 역사학자 유발 하라리 Yuval Noah Harari 는 〈인디아 투데이〉가 주관하는 '콘클라베 2018'에서 이렇게 말했다. 그 의견에 공감한다. 수많은 생각과 판단이란 필터를 걷어내고 바라보면 현실은 정말 심플해진다. 좋은 일도 없고, 나쁜 일도 없다. 일어난 사실 그 자체만 남는다. 그럴 때 마음의 갈등과 고민은 들어설 자리를 잃는다. 마음이 만들어내는 매일의 드라마가 줄어든다. 일상은 그렇게 단순해지고, 삶은 가벼워진다.

이 책은 명상법에 관한 책이 아니다. 명상을 통한 성공 이야기도 아니다. 명상을 통해 소원을 이룬 이야기도 아니고, 그런 방법을 알려주는 내용은 더더욱 아니다. 현실에 만족하지 못하고 꿈꾸는 미래만을 바라보며 하루하루 버티듯 살아왔던 사람이 명상을 하면서 '지금 여기'에서도 괜찮게 사는 법을 배워가는 내면의 과정을 오롯이 담았다.

　나는 이 책이 늘 불안하고 우울하며 타인과의 비교 속에서 상대적 박탈감을 느끼고 현재를 만족하지 못해 계속 뭔가를 찾아 헤매는 사람들이 그 방황을 멈추는 데 도움이 되었으면 한다. 내가 그랬듯 파라다이스를 찾는 꿈에서 깨어나 지금 이 순간, 여기에서 그 파라다이스를 만들며 살아가는 법을 배웠으면 한다. 깊은 침묵을 통해 나를 겹겹이 둘러싼 생각과 감정에서 해방되어 마음을 조금 더 자유롭게 사용하며 일상을 살아갔으면 한다. 이 책이 가벼운 삶을 살고 싶은 독자들에게 작은 힌트가 되었으면 좋겠다.

1장

가까운 사람이 나를
힘들게 할 때

삼청동 끝자락 명상의 집

'자애 명상과 마음챙김 명상에 근거한 자기치유 13주'

무더위가 기승을 부리던 7월 말 어느 저녁, 인터넷 검색 중 우연히 눈에 들어온 한 줄이다.

당시에 나는 마구 치솟는 스트레스를 덜어낼 수만 있다면 지푸라기라도 잡고 싶은 심정이었다. 일을 정리하고 잠시 쉬면서 다음 사업 아이템을 찾은 지도 어느새 1년을 훌쩍 넘어가고 있었다. 말이 좋아 사업 구상이지 막연히 그럴

싼 것을 좇으며 어영부영 시간만 보냈다.

게다가 백수인 주제에 가족의 생활비 전부를 혼자 감당하고 있었다. 사업 정리로 나에게 제법 큰 돈이 생기자, 그동안 고관절 질환으로 고생하시던 엄마는 수술을 받고 일을 완전히 놓았다. 화원에서 용돈벌이를 하던 아빠도 때마침 땅주인과 의견이 틀어져서 쫓겨나듯 일을 정리하게 됐다. 이런 상황에서 모처럼 착한 막내딸로서 효녀 노릇을 해보고자 부모님을 부양하겠다고 호기롭게 나선 것이다. 하지만 하루하루 백수의 날이 길어질수록 부담감은 쌓여만 갔다. 그리고 그 부담감은 이내 불만과 짜증으로 바뀌었다.

마흔을 훌쩍 넘긴, 머리에 피가 마를 대로 마른 성인이 팔순을 내다보는 부모님과 함께 살기란 쉽지 않다. 더욱이 나는 20대 중반부터 외국에서 자유롭게 살다 온 사람이지 않은가? 우리는 서로를 이해하지 못했다. 청소년도 아닌데 왜 그렇게 간섭을 하시는지……. 이 나이에 머리 모양이나 옷차림에 대한 잔소리를 들을 때면 어이가 없었고, 말도 징그럽게 안 듣는다고 꾸지람을 들을 때면 기가 찰 노릇이었다.

스스로 무언가를 하고자 하는 의지가 약하고 늘 자식이 해결해주길 바라는 부분도 피곤했다. 사소한 일일수록 더욱 짜증이 났다. 휴대전화 관련해서도 매번 같은 문제를 물어보면서 왜 처음이라고 우겨대시는지 모르겠다. 가족도 공동체이므로 구성원이 저마다 역할을 나눠 가져야 한다고 생각하는 내가 너무 이기적인가?

어쩌다 다른 사람들에게 내가 막내딸인데 생활비 전체를 감당한다고 얘기하면 왜 막내가 그러냐고, 언니 오빠는 뭐하냐고들 물었다. "대견하네." "진짜 착하네." 하는 말들을 타인에게서 들을 때마다 멋쩍으면서도 억울한 감정이 생겨났다. 남도 알아주는 수고로움을 가족들은 왜 몰라줄까? 내가 불만과 짜증을 터트릴 때마다 엄마는 고맙고 미안하다고 말했지만, 나는 그 말투에서 진정성을 전혀 느끼지 못했다. 진심은 어떻게든 와닿기 마련이라는데, 내 도움을 너무 당연하게 여기는 가족들이 야속하기만 했다.

언제까지 나 혼자
부모님 생활비를 대야 해?

너 언제 나갈 건데

내가 반 낼게.
언니랑 오빠가 둘이서
나머지 반 내라.

지금은 안 돼!

같이 산다고 계속 혼자
부담하는 법이 어딨나?

난 모르니까
재일이랑 얘기해

둘이 진짜 웃긴다

그해 여름 언니와 주고받은 카카오톡 대화 내용이다. 나름 고민 끝에 보낸 카톡이 이렇게 어이없이 끝나버리다니……. 평소에도 돈독한 자매 사이는 아니었지만, 순간 오만 정이 뚝 떨어졌달까? 오빠와는 고등학생 때부터 서로 말을 섞지 않았다. 그런 관계임을 뻔히 알면서 오빠에게 말을 하라니! '그래, 내가 언제부터 가족 덕을 보고 살아왔다고. 나가자!'

그저 내 고민을 들어주고 불안하고 두려운 마음을 좀 어루만져주기를 바랐을 뿐인데 너무 큰 기대였을까? 독립하기로 결심하고서 방 찾기 삼매경에 빠져 있던 내게 13주 명상과정 참여자 모집공고가 눈에 들어왔다.

'자애 명상'을 인터넷에서 찾아보니 자기 안에 있는 따뜻한 자애의 마음을 일깨워서 바깥 다른 사람들과 생명들에게 보내는 수행법이라고 나왔다. 가장 선하고 긍정적인 마음을 일깨워서 부정적인 감정과 정서를 빠르게 씻어주기 때문에 서양에서는 심리치유나 심신치료 프로그램에 많이 적용한다고 했다. 반신반의하면서도 당장 꼭 해보고 싶다는 생각이 들었다. 아무도 알아주지 않는 내 마음을 스스로 어르고 달래줘봤지만 역부족이었기 때문이다. 이제까지 혼자 해왔던 방법으로는 구멍 난 마음을 메울 수 없었다. 신청서를 빠르게 작성하여 이메일로 보냈다. 그렇게 나는 삼청동 끝자락에 위치한 고즈넉한 다락방 명상실과 인연을 맺게 되었다.

있는 그대로의 나를
바라보기

"가장 편안한 자세로 누워서 머리부터 발끝까지 몸 구석 구석, 장기 하나하나까지 훑어 내려가며 자애의 마음을 보내세요."

명상실에서 가장 먼저 한 것은 두툼한 방석 두 개를 깔고, 둥근 방석을 머리에 베고 누워 내 몸에 사랑을 보내는 자애 명상이었다. 이 명상원은 일반 가정집을 고쳐서 만든 곳인데 위층 널따란 다락방에 명상실이 있었다. 매주 명상실로 올라가면 두툼하고 큰 정사각형의 노란 방석이 사람 수만큼 깔려 있고, 그 위로 둥그런 노란 방석이 놓여 있었다. 우리는 누워서 하는 명상을 위해 사각 방석을 하나 더 가져와 누웠다.

두 시간쯤 마을버스와 전철을 갈아타고 와서, 온몸에 힘을 뺀 채로 누워 있노라니 첫 날의 긴장과 피로가 금세 풀어졌다. 선생님은 머리끝에서 발끝까지 내 몸 구석구석에 소중하고 사랑스럽다는 마음을 보내라고 했다. 정수리, 눈, 미간, 코, 입, 귀, 뒤통수, 뒷목, 어깨, 팔, 손바닥, 손등, 손가락, 몸통, 허벅지, 무릎, 다리, 발등, 발바닥, 발가락, 심장, 콩팥, 위장, 신장, 생식기…… 장기 하나하나까지 훑으면서 사랑을 보냈다.

내 몸에 사랑을 보내는 일이 어떤 건지 모호했고, 마음에 느껴지는 따뜻함도 별로 없었다. 남도 아닌, 나 자신에게 사랑을 보내라는데 왜 이렇게 어려울까? 자애를 보낸다는 게 뭐지? 그동안 사랑에 무뎌져 있었기에, 아니 무조건적인 사랑 자체가 낯설었기에 첫 시간은 갈피를 잡지 못한 채 끝마쳤다.

둘째 주에도 맨 먼저 누워서 하는 자애 명상을 했다. 이번에는 원하는 사람은 손으로 몸을 만져가며 자애를 보내라고 하셨다. 평소 샤워하고 로션 바를 때 말고는 몸을 만질 일이 없었다. 어색함을 안고 손으로 머리카락부터 발가락까지 하나하나 만져가며 자애의 마음을 보내려고 노력했다. 하지만 내 마음은 나무토막처럼 메말라서 별로 느껴지는 게 없다.

"자, 이제는 가장 소중하다고 생각하는 부분에 사랑을 보내세요."

'가장 소중한 곳이라……'

맨 먼저 심장이 떠올랐다. 큰 구멍이 난 채로 40년 넘게 잘 뛰어준 내 심장에 곧장 손을 갖다댔다. 심실중격결손. 나는 선천성 심장병 환자다. 요즘에도 1년에 두 번 심장내과에서 정기검진을 받는다. 쉽게 숨이 차서 달리기나 격렬한 운동을 할 수는 없지만, 이제껏 별 탈 없이 살아왔다. 눈에 띄는 증상이 없어 나조차도 잊고 살 때가 많지만, 병원에서 검진받을 때면 들려오는 커다란 심장 잡음에 병을 새삼 확인한다. 그런데 가장 소중한 신체 부위를 떠올리려 하니, 아픈 심장이 제일 먼저 떠오른다. 심장아, 널 잊다니. 내가 배은망덕했다. 누구 덕에 지금까지 살아왔는데!

나는 왼쪽 눈의 시력도 없다. 두 눈으로 바라보면 어떤 느낌인지 전혀 알지 못한다. 3D영상을 봐도 뭐가 다른지 모른다. 시력이 없으니 왼쪽 눈의 초점을 맞추기가 힘들어 정면으로 사진 찍기를 좋아하지 않는다. 보는 중심이 오른쪽으로 쏠리니 몸의 오른쪽과 왼쪽의 비대칭도 심하다. 사정이 이렇다 보니, 내게 눈은 심장과 함께 가장 큰 콤플렉스였다. 오른쪽 눈도 시력이 안 좋아 이대로 계속 나빠지다가 아예 멀면 어쩌나 불안에 떨기도 했다. 얼마나 소중한 눈인데, 진심으로 고마워하며 사랑을 보낸 적이 없었다. 나는 가만히 눈을 매만지며 사랑을 보냈다.

머리끝부터 발끝까지 손으로 훑어가며 자애를 보내니 이제까지 움직이지 않던 마음에 따뜻한 무언가가 흘러나왔다. 그 순간, 내 몸 전체가 고맙고 가치를 매길 수 없이 소중한 존재로 다가왔다.

부끄럽지만, 나는 외모 지상주의자다. (그렇다. 명상을 해도 외모에 대한 집착은 완전히 버려지지 않았다.) 획일적인 미를 추구하지는 않지만, 내 기준의 아름답고 완벽한 외모를 무의식적으로 계속 추구해왔다. 이 나이에도 여전히 겉모습을 중시하는 생각이 철없어 보여서 밖으로 드러내지 않을 뿐이다. 겉으로 보여지는 미를 원하기에, 결함투성이인 내 몸을 온전히 사랑해본 적이 없었다.

이탈리아에서 슬럼프에 빠졌을 때, 영국 최고 심리치료사 중 하나인 마리사 피어^{Marisa Peer}의 강연을 유튜브로 본 적이 있다. 강연자는 인류에게 가장 나쁜 영향을 끼친 질병은 바로 '자신이 부족하다고 여기는 생각'이라고 했다. 그러면서 눈에 띄는 곳에 '나는 충분해(I'm enough)'라고 적은 종이를 붙여놓고 수시로 보고 소리 내어 말하라고 조언했다.

나는 그 조언대로 종이를 써붙이진 않았지만, 다음 날부터 아침에 일어나면 가장 먼저 화장실 거울을 보며 "나는 이대로 충분해. 있는 그대로 널(나를) 사랑해." 하고 말하기 시작했다. 하지만 아침에 일어나 퉁퉁 부은 얼굴을 보며 충분하다고 말을 하자니 진정성은 제로였다. 도저히 나를 있는 그대로, 충분하게 여길 수 없었다. 거울을 제대로 바라보지도 않은 채 말만 대충 중얼거리기 일쑤였다. 그마저도 얼마 안 가 그만두었다. 충분하다는 말을 할 때마다 충분하지 않은 결함들이 더 눈에 띄었기 때문이다.

이제는 거기에 노화까지 더해졌다. 언제부턴가 슬금슬금 하나씩 보이기 시작하던 흰머리가 어느새 열 손가락으로 셀 수 없을 만큼 늘어났다. 몇 주에 한 번씩 거울 앞에 얼굴을 바짝 들이민 채 손가락으로 머릿속을 헤집으며 흰머리를 찾는 건 일상이 되었다. 아직은 새치 염색할 단계는 아니니 괜찮다고 애써 위안을 삼아보지만 마음이 나아질 리가 없다. 게다가 네 살 위의 언니는 흰머리가 전혀 없다. 왠지 억울했다. 날이 갈수록 깊어지는 팔자주름은 또 어떤지. 평소 나이를 의식하고 살지는 않지만, 거울을 볼 때마다 몸과 정신의 괴리가 점점 크게 느껴지는 건 어쩔 수 없었다. 내 마음은 여전히 스무 살 같은데, 몸은 참으로 정직하다.

내 몸이 보잘것없이 느껴지고, 바꾸고 싶다는 욕심이 올라올 때마다 눈을 감고 몸 구석구석을 머릿속으로 돌아다녀 본다. 아픈 곳은 세심하게 어루만져주듯 머물며 사랑을 보낸다. 마음에 들지 않는 곳에 이르면, '그 부분이 없다면 어떨까?' 생각해본다. 당장 살 수 없다는 걸 깨닫는다. 생김새에 상관없이 내 몸 모든 부분이 소중해진다.

그렇게 있는 그대로 내 모습을 받아들이는 연습을 하고 있다. 한없이 부족하게 느껴졌던 감정들이 조금씩 옅어진

다. 온전한 받아들임만이 남는다. 금세 사라진다 해도 괜찮

다. 또 하면 되니까.

초보자도 쉽게 따라 할 수 있는
자애 명상법

자애 명상은 결코 어렵지 않다. 누구든 마음만 먹으면 시작할 수 있다. 자애 명상이 주는 이점은 몹시 다양하다. 자기사랑, 자아존중감과 행복감은 키워주는 반면에 부정적 감정은 줄여주고, 편두통과 만성질환, 외상후스트레스를 완화시켜주기도 한다. 자애 명상이 몸과 마음에 끼치는 효과는 임상시험을 통해 여러 차례 과학적으로 증명되었다.

자애 명상의 첫 대상은 나 자신이다. 나를 조건 없이 사랑할 수 있어야 남도 사랑할 수 있기 때문이다.

1. 먼저, 나의 좋은 점과 내가 잘하는 것을 떠올려본다. 그리고 정신적인 측면에서 어떤 행복을 바라는지 생각해본다.

2. 내 삶이 세상에서 가장 소중하고 사랑스러우며, 나는 행복해질 가치가 있는 존재임을 깊이 생각한다. 그러고 나서, 자기 자신에 대한 자애 명상을 2~5분 정도 한다. 자애의 마음을 스스로에게 보내면서 조용히 다음과 같이 따라 한다.

> *"나는 내가 행복하고 평화롭기를 바랍니다.*
> *내가 괴로움과 고통에서 벗어나기를 바랍니다.*
> *내가 건강하고 자유롭기를 바랍니다."*

이때 반드시 가부좌를 틀고 앉을 필요는 없다. 가장 편안한 자세면 된다. 평소에도 샤워를 하면서, 잠자리에 누워서, 또는 아침에 눈을 뜨자마자 언제 어디서든 '내가 행복해지기를' '내가 평온하기를' '내가 건강하기를' 하고 짧게 되뇌며 자애의 마음을 보내면 좋다.

3. 세상에 있는 모든 존재에게 내 자신에게 했던 것처럼 자애를 보낸다.

4. 다음은 고마운 사람, 또는 존경하는 사람을 떠올린다. 앞서 자

신에게 했던 것과 같은 방법으로 그 사람에게 자애의 마음을 보낸다.

5. 세 번째로 사랑하는 사람을 떠올린다. 대개 사람들은 사랑하는 사람에 대해서 애증을 동시에 갖고 있기에 처음부터 떠올리면 부정적인 감정이 올라올 수 있다. 그래서 세 번째로 한다.
사랑하는 사람에게 자애의 마음을 보낸다. 단, 이성을 대상으로 하면 자칫 복잡한 감정이 올라오기 쉬우므로 처음에는 가족이나 친구처럼 부담없는 대상을 떠올린다.

6. 나와 직접적인 관계는 없지만 가끔 마주치는 사람을 떠올린다. 예를 들면, 회사의 환경미화원이나 자주 타는 버스 운전사, 아파트 경비원 등이다. 이 사람에게도 똑같이 자애의 마음을 보낸다.

7. 싫은 사람, 미워하는 사람에게 자애를 보낸다. 물론 아직 마음이 열리지 않는다면 애써 할 필요는 없다. 중간에 거부하는 마음이 강하게 올라올 때는 중립적인 대상이나 고마운 사람, 혹은 나 자신으로 대상을 바꿔서 하면 된다.

※ 단, 죽은 사람을 대상으로는 하지 않는다. 자애 명상은 살아 있는 사람을 대상으로 한다.

아무것도 아니어도 괜찮아

"하시는 일이 뭐예요?"

가장 난감한 질문 중 하나였다. 백수 생활 초반에야 아무 거리낌 없이 대답할 수 있었다. 소셜 미디어 마케팅으로 1년 4개월 만에 억대의 돈을 거머쥐었던 나는 덤덤하게, 하던 일 정리하고 잠시 쉬면서 다음 아이템을 생각하고 있다고 얘기했다. 그러면 사람들은 신기해했다. 그러나 한 달쯤 쉬려던 계획이 석 달이 되고, 6개월이 넘어가자 누군가를 만나는 일이 불편해지기 시작했다. 과거의 성취는 금방 빛이 바랐고, 40대 백수는 어디에서도 당당하지 못했다.

　몸 명상이 끝나고 잠시 쉬는 시간이었다. 선생님이 느닷없이 옆 사람과 가위바위보를 하라고 했다. 옆에 앉은 여성분과 했는데 졌다. 우리는 진 사람끼리, 이긴 사람끼리 짝을 지어 앉았다. 선생님이 명찰 스티커를 다섯 개씩 나눠주고는 '나'라고 생각하는 것을 다섯 가지 써서 몸에 붙이라고 했다. 그런 다음에 거기 쓰여 있는 것들이 진짜 나인지 상대방과 서로 물어보고 이야기하며, 내가 아닌 것 같은 단어는 떼어내라고 했다.

　가장 먼저 '나는 누구인가?' 하는 질문이 떠올랐다. 그러나 즉각 이 질문을 거부하는 마음이 일어났다. 다시 질문했다.
　'나는 무엇인가?' 이 질문이 더 적절했다.
　'공기.'
　가장 먼저 떠오른 것이었다.
　'정말 공기인가?'
　몇 번이고 물어도 그렇다는 느낌이 들어 공기라고 첫 칸에 썼다. 처음으로 눈을 감고 호흡에 집중했던 때, 몸이라는 경계를 넘어 한없이 확장되어가는 경험을 한 뒤에 아마도 그런 생각이 들기 시작했던 것 같다.

'나는 무엇인가?'

두 번째 질문에 한동안 답이 떠오르지 않았다. 공기 하나로 족하다는 느낌이 들었다. 한참을 보내고서 떠오른 단어는 '에너지'. 에너지라고 썼다. 그 다음으로 떠오른 단어는 '숨'. 숨이라고 썼다.

'그렇다면 사람은? 나는 사람인가?'

'대외적으로는 사람이야.'

잘 모르겠다는 생각이 들었지만 일단 '사람'이라는 단어도 썼다.

그리고 '삶'. 삶과 나를 떼어놓을 수 없었다. 살아가는 것 자체가 삶이니까.

공기, 에너지, 숨, 사람, 삶. 상식적으로 통용되는 라벨, 이를테면 이름이나 성별, 직업 같은 것들은 떠오르지 않았다. 보잘것없는 존재감에 괴롭고 답답했던 마음이 이 순간에는 전혀 없었다.

한 여성분은 선생님의 질문에 이렇게 대답했다.

"저는 개명을 했는데, 지금 이름이 진짜 나라고 생각했거든요. 근데 예전 이름을 생각해보면 그 이름에 맞는 내가 또 있는 것도 같아요. 개명 전 이름으로 계속 살았다면 거기에 맞는 삶을 살아가고 있을 거 같기도 하고요."

이름을 바꾸면 완전히 다른 새로운 내가 되는가? 이름이나 직장을 바꿨다고 해서 그 사람의 본질이 바뀌진 않는다는 생각이 들었다. 그러면 본질이 뭔데? 오롯이 존재하는 것, 그것이야말로 진정한 본질이 아닐까?

흔히들 그렇듯 나도 본질을 잊고 외면의 것과 나를 동일시하며 그에 따라 내 가치를 매기곤 했다. 남보다 좋은 직업을 갖고 있다고 생각할 때면 우쭐하다가, 더 나은 위치에 있는 사람을 보면 금세 마음이 쪼그라들었다. 성공한 부자를 부러워하면서도 속물로 보이기는 싫어 짐짓 돈에 무심한 듯 행동한 적도 많았다. 매력적인 몸매를 지닌 사람을 보면 왠지 주눅이 들었고, 화려한 인맥을 자랑하는 사람들 앞에선 내 휴대전화에 저장된 단출한 주소록을 떠올렸다.

오랫동안 새로운 아이템을 찾지 못하고 수입이 없어지자,

나의 정체성도 흔들렸다. 사회적으로 나를 정의해줄 한 가지를 잃고 나니 아무것도 아닌 존재가 되어버렸다. 나는 늘 이렇게 내가 가진 것, 이룬 것에 따라 꽤 괜찮은 사람도 되었다가 무의미한 존재가 되기도 했다. 그 어떤 것도 영원할 수 없고, 변하지 않는 것이 없다. 이런 것들에 존재 가치를 둔다면 나는 늘 불안하고 흔들리는 존재일 수밖에 없다.

"명상하는 동안에는 모두 놓아버릴 수 있습니다. 저는 휴 잭맨도 아버지도 남편도 아닙니다. 저는 모든 것을 창조하는 저 강력한 근원에 그냥 발을 디딥니다. 그리고 거기에 잠시 몸을 담급니다."

오랜 세월 명상을 해온 영화배우 휴 잭맨이 한 말처럼 명상은 모든 개념을 놓는 시간이다. 그때 '나'라는 자의식에 의한 존재는 없다. 거기에는 아무것도 없다. 그럼에도 불구하고 그 자체로 부족함 없이 완전하다는 것을 묘하게 느낄 수 있다.

나는 아무것도 아니지만 완벽하다.

I am Nobody, nobody is perfect, therefore I am perfect.

생각을 알아차린다는 것

너의 목소리가 들려.

너의 목소리가 들려.

아무리 애를 쓰고 막아보려 하는데도

너의 목소리가 들려.

인디밴드 델리스파이스가 부른 〈챠우챠우〉의 한 소절이다. 늘 잡생각으로 가득한 내 상태를 표현해주는 것만 같다. 우리는 누가 쓸데없는 걱정을 하면 '아이고, 오만 가지 생각을 다 하네.' 하고 핀잔하곤 한다. 미국의 심리학자 쉐드 햄스테터Shad Helmstetter 박사의 연구에 따르면 인간의 뇌는 한 시간에 2천500여 개, 하루 5~6만 개의 생각을 한다고 한다. 머릿속에 이렇게 많은 생각을 가지고 산다니! 생각에 무게가 있었다면 전 세계 사람들은 몸이 아닌, 생각 다이어트에 몰두하지 않았을까?

그런데 이 오만 가지 생각 가운데 85퍼센트 이상이 부정적이라고 한다. 문제는 우리가 이 사실을 알아차리지도 못한 채로 살아가고 있다는 데 있다.

작년 초, 두 달 동안 두 가지 일을 이루고자 계획한 적이 있었다. 그런데 어느 것도 이루지 못했다. 나아갈 곳을 잃었다는 생각에, 마음이 부정적인 길을 헤매며 시도 때도 없이 이렇게 외쳐댔다.

'너는 다시 아무것도 아닌 사람이 됐네.'

'다시 시작한다고 했지만 어떻게 할지, 아무런 아이디어도 떠오르지 않잖아?'

'오~ 퍼펙트! 심지어 보험금조차 못 타게 됐어. 돈 나갈 곳만 있고 들어올 곳은 없어. 올 한 해는 이런 식으로 쭉 가

겠군.'

크고 작은 계획이 모조리 실패로 돌아가면서 마음속 목소리에게 사정없이 두들겨 맞고 있었다. 3년 전 봄, 일생 처음이자 마지막으로 찾아간 세 곳의 점집에서 모두 올해까지는 운수가 좋다고 했는데, 점쟁이들이 짜고 말을 맞추지도 않았을 텐데, 이렇게 줄줄이 망해서야! 애써 키운 긍정 스피릿은 저만치 달아나버리고, 세상에게 버림받은 기분까지 들었다.

반격할 기운도 없이 나 자신의 마음속 예리한 칼날에 난타당하던 어느 날, 문득 정신을 차려보니 화창하고 따뜻한 봄날 햇볕이 바깥에 내리쬐고 있었다.

'이 아름다운 날 내가 뭘 하고 있는 거지?'

6주차 명상을 할 때였다. 그 전 주에 이번 시간에는 영화를 볼 테니 관람료를 준비해 오라고 농담조로 공지했기에 내심 기대를 했다. 몸 명상이 끝나고 우리는 스크린 쪽으로 방석을 들고 와서 앉았다.

한 사무라이 얼굴에 파리가 웽웽거리며 다가와 앉는다. 몹시 신경이 쓰인 사무라이는 날카로운 칼로 파리를 베어

두 동강 낸다. 그러자 하나였던 파리가 두 마리로 갈라져 날아다닌다. 사무라이는 다시 두 마리의 파리를 칼로 베어버린다. 그러자 두 마리는 이제 네 마리가 되어 날아다닌다. 사무라이는 계속 칼로 파리들을 베어버리고 파리는 걷잡을 수 없이 많아져서 사방에 날아다닌다.

이윽고 사무라이는 파리 잡기를 멈추고 앉아 두 눈을 감고 명상을 시작한다. 화면이 바뀌어 벚꽃이 흐드러지게 핀 정원을 비춘다. 바람이 불어와 벚꽃 잎이 우수수 떨어진다. 꽃잎 하나가 명상하고 있던 사무라이의 손등에 떨어진다. 사무라이가 감았던 눈을 뜨며 꼭 쥐고 있던 손을 펴자 그 안에 갇혔던 파리가 날아가버린다.

10분은 되었을까? 영화를 본다고 잔뜩 기대했던 우리는 짧게 끝난 동영상 시청에 당황하며 제자리로 가 앉았다. 이 영상은 무엇을 말하고 있을까?

생각 하나가 떠오른다. 그 생각에 빠지기 시작하면 생각은 또 하나의 생각을 가져온다. 그 생각은 또 다른 생각을 일으키고, 그것에 몰두할수록 생각은 꼬리에 꼬리를 물며 끝없이 일어난다. 억지로 없애려 하면 생각은 더 많아진다.

첫 생각이 일어났을 때, 그것을 알아차리고 그저 내버려

두면 어떨까? 그러면 생각은 거기서 멈춘다. 더 불어나지 않고, 알아차리는 순간 멈춘다. 손 안에 갇힌 파리가 손을 펴자 날아가듯, 생각을 가만히 바라보면 금세 스스로 사라진다. 이것이 마음챙김 명상이다.

흔히들 '명상'이라고 하면 '생각 버리기' '생각 비우기'라고 생각한다. 머릿속 '잡념'을 없애고 텅 비우는 것이 명상이라고 생각하기 쉽다. 나 역시 그렇게 생각해서 혼자서 내 맘대로 명상하던 시절에는 생각을 버리려고 고군분투했다. 하지만 버려야 하는 생각들이 끊임없이 떠올라 명상을 끝내고 나면 오히려 더 기진맥진, 실패감만 남았다. 도대체 어떻게 생각을 버리냐고?!

맞다. 생각을 버리는 일은 거의 불가능하다. 간신히 버리면 몇 분 뒤에 또 다시 새로운 생각이 올라온다. 마치 시지프스*가 무거운 바위를 끙끙대며 높은 산기슭 정상에 겨우 올려놓았다 싶으면 바위가 저절로 굴러 내려와 다시 올리기를 무한 반복하듯, 생각 역시 버렸다 싶으면 다시 새로운 생각이 떠오른다. "코끼리에 대해 생각하지 마세요." 하는 말

* 저승의 신 하데스를 속인 죄로 무거운 바위를 산 정산으로 밀어 올리는 벌을 받은 그리스 신화 인물

을 들으면 곧장 코끼리 생각이 떠오르듯이, 하지 않으려 애쓸수록 더 하게 되는 게 생각이다. 몇 번 좌절을 겪자, 나는 '명상이란 굉장히 어려운 것이구나' 하고 결론을 내버렸다.

명상은 생각을 버리는 게 아니고 '알아차리는 것'이다. 생각은 인간의 자연스런 본성이라 아무리 애를 써도 없앨 수 없다. 대신, 그것을 알아차리고 그저 바라보면 금방 사라진다. 자연스럽게 일어났듯 자연스럽게 사라지는 것이다. 생각을 알아차리면 생각과 '나'를 떼어내서 바라볼 수 있게 된다. 이제껏 내 생각이 바로 나라고 철석같이 믿어왔는데 사실이 아님을 깨닫는다. 나에게서 생각을 분리하면 그것은 하나의 대상이 된다. 그것을 조용히 응시할 때 생각은 힘을 잃고 날아가버린다. 나를 집어삼키려고 했던 내 안의 목소리에서 비로소 자유로워진다.

초보자도 쉽게 따라 할 수 있는
마음챙김 명상법

1. 편안한 자세로 앉는다.

방석 위에 가부좌를 틀고 앉으면 가장 좋지만 무리할 필요는 없다. 자세가 익숙하지 않으면 불편함 때문에 마음을 알아차리기 힘들기 때문이다. 의자에 앉든 바닥에 앉든 자기에게 편한 자세로 앉는다. 되도록 허리를 꼿꼿이 세워서 앉는다. 자세가 느슨해지면 앉아서도 잠에 빠질 수 있기 때문이다. 실제로 나는 좌선 명상 시간에 옆에서 코 고는 소리를 들은 적도 있다.

2. 눈을 감거나 뜬 채로 마음을 들여다본다.

눈을 감으면 마음을 알아차리기가 더 쉽지만, 원한다면 눈을 뜨고

코끝을 바라보거나 촛불이나 한 사물, 지점을 바라보아도 된다. 보통 눈을 감고 미간 사이에 초점을 맞추라 하는데, 자칫하면 두 눈이 가운데로 몰리게 되어 두통을 일으킬 수도 있다. 그때는 편안한 곳을 응시하는 편이 좋다.

3. 호흡에 집중한다.

숨을 들이쉬고 내쉬는 과정 자체에 집중한다. 만약 잘되지 않는다면 마음속으로 '들숨, 날숨, 들숨, 날숨' 하고 속삭여도 좋다. 숨을 쉴 때마다 배가 부풀었다가 작아지는 모습이나 콧구멍으로 숨이 드나드는 느낌에 집중하는 방법도 있다.

한 번 숨을 들이쉬고 내쉴 때마다 속으로 숫자를 세어도 좋지만, 거기에 너무 몰두하면 마음을 놓칠 수 있다. 그러므로 1에서 10까지만 되풀이해 세고, 집중이 되면 더 이상 세지 않는다.

4. 떠오르는 생각들을 바라보며 알아차린다.

고요함에 익숙해지면 곧바로 머릿속에 생각들이 올라오기 시작한다. 평소에는 주위 소음과 자극들로 가려졌던 생각들이 보인다.

'오늘 저녁에 뭐 먹을까?'
'왜 걔는 전화를 안 하지?'

'어제 나도 할 말을 똑부러지게 했어야 했는데. 왜 이제야 생각이 날까?'

'맞다! 내가 보던 유튜브 채널 실시간 방송 시간인데!'

'뭐야. 명상 중에 딴 생각이나 하고.'

괜찮다. 아주 자연스런 현상이니까. 생각을 알아차리고 다시 호흡에 집중하면 된다. 딴 생각을 하고 있다고 생각한 것 역시 생각이다. 그런 생각을 하나하나 알아차리고 다시 호흡으로 돌아가면 된다.

가부좌 자세로 명상을 하다 다리가 불편하다면 자세를 바꾸어준다. 아잔 브람 Ajahn Brahm 스님은 불편하면 자세를 바꾸어주는 것이 자애라 했다. 단, 그럴 때 일어나는 마음을 알아채는 게 중요하다. 미얀마 쉐우민 명상센터의 아신 떼자니야 사야도 Sayadaw U Tejaniya 는 수행자들과의 인터뷰에서 자세를 바꾸는 일에 대해 이렇게 말했다.

> "좌선 시, 다리가 아플 때 자세를 바꾸어주면 느낌이 바뀝니다. 그때 좋다는 생각이 일어나면 '로바'(좋아하고 탐하는 모든 마음) 입니다. 만약 바꾸지 않고 억지로 참으면 '도사'(분노, 싫어함, 저항, 슬픔)입니다. 바꿔야 할 때 바꿀 줄을 알면 지혜입니다. 바꾸고 바꾸지 않는 것은 중요하지 않습니다. 바꾸어줄 때 보는 마음에 번뇌가 없으면 지혜가 생겨날 수 있습니다."

한계를 넘어보기

"마음은 무엇보다 강력합니다. 그래서 아들을 낳을 때, 저는 고통에 대해 생각하지 않았어요. 명상을 했어요. 출산 내내 '오, 드디어 내 아들을 만날 시간이야!' 하는 생각에만 집중했어요."

슈퍼모델 지젤 번천의 말이다. 사람들은 마음의 힘이 얼마나 센지 알면서도 그 위력을 잘 활용하지 못하고 있다. 평소 마음의 소리가 어떤지 의식하지 못한 채 살아가기 때문이다.

꾸준히 운동을 한 지 3년이 되어간다. 도저히 어쩔 수 없는 경우를 제외하곤 주 5일 두 시간씩 운동한다. 요가 한 시간, 근력 운동 한 시간. 예전부터 알고 지낸 사람들에게 내가 이만큼 운동을 한다고 하면 다들 놀란다. "네가 운동을 한다고? 일주일에 다섯 번이나?"

그럴 만도 하다. 과거에 나는 몸 움직이기를 몹시 싫어했다. 어릴 때 멀미로 꽤 고생했던지라 걷는 것 빼고는 웬만해서는 움직이려 하지 않았다. 이탈리아 사람들이 사랑하는 휴양지인 풀리아 해변에서 매년 여름을 보내면서도, 바다에 뛰어드는 대신 모래사장에서 짐꾼 역할만 했다. 수영을 할 줄 몰랐으니까. 배우면 될 일인데 시도조차 안 했다. 지금은 가장 후회하는 일 가운데 하나지만, 그때는 숨쉬기가 불편하다는 이유로 거부했다. 자전거도 못 타는데 수영이야 오죽하랴.

심장이 안 좋으니 당연히 운동 따윈 못한다고 생각해왔다. 학창시절, 체육 수업 시간에는 대부분 심장 핑계를 대며 벤치에 앉아 있었다.

처음에는 다소 속물적인 이유로 운동을 시작했다. 다음

사업 아이템을 운동 쪽으로 잡아볼 생각이었다. 운동이 끌렸던 건, 운동이나 다이어트, 건강 분야가 유행을 타지 않고 언제나 새로운 수요자가 있는 틈새시장이라고 생각했기 때문이다.

첫 선택은 필라테스였다. 수업료가 비싼 만큼 효과도 크리라 기대했지만, 심각한 근력과 유연성 부족으로 넉 달 만에 그만뒀다. 그리고 바로 시작한 것이 요가. 이번에도 근력이 없으면 힘들어 내친김에 PT까지 받았다. 6개월 만에 완벽한 몸매를 만들어 다이어트 사업을 시작한다는 근사한 목표를 갖고서 열심히 했다.

하지만 현실은 녹록지 않았다. 6개월은커녕 1년이 지나도, 안으로 굽은 골반은 펴질 기미가 안 보였고, 고관절 역시 뻣뻣하기만 했다. 꿈꿔온 '다리 찢기'는 이번 생에선 포기해야 한다는 사실을 깨달았다. 그래도 운동은 계속했다. 이유야 어쨌든 습관이 된 것이다. 몸매나 사업 같은 외적인 목표를 내려놓고 나니 마음이 편해지며 운동 자체를 즐기게 되었다.

5주차에 첫 위파사나 명상*을 마치고 난 다음 날 평소처럼 러닝머신 위를 빠르게 걷고 있었다. 속도를 조금 더 올려 경보하듯 걸어보았는데 숨이 크게 가쁘지 않았다. 그렇게 계속 걷다가 잠시 다른 생각에 빠져 있었는데, 정신을 차리고 보니 내가 살짝 뛰고 있는 것이 아닌가? 깜짝 놀라 다시 속도를 늦추고 걸었다. 그러다가 생각했다.

'한번 뛰어볼까?'

몇 달 전, 운동부하 검사**를 받을 때, 달리기 단계에서 1분도 못 달리고 멈췄던 일이 떠올랐다. 잠깐 주저되었지만 '누가 보는 것도 아닌데 힘들면 다시 걸으면 되지' 하는 심정으로 속도를 높여 뛰기 시작했다. 두려운 생각이 들면 호흡에 집중하며 규칙적으로 깊은 숨을 쉬는 일에 주의를 기울였다.

'어라? 1분이 지났네?'

그런데도 호흡이 생각만큼 가빠지지 않았다. 2분이 지나가도 호흡은 크게 달라지지 않았다.

'나 심장 때문에 못 뛰는 거 아니었어?'

---

* 일상적인 활동과 마음씀에 대해 관찰하고, 그 관찰을 통해 깨달음을 얻는 명상법
** 단계별로 운동할 때 심박동수와 혈압, 심전도의 변화 등을 측정하여 운동 중의 심장 기능을 평가하는 검사

심장이 약해서 달리기는 무리라는 생각은 그저 내가 만들어낸 허상일 뿐 사실이 아니었다.

'우와! 잘하고 있어. 벌써 또 3분이 지났잖아. 대단해! 네가 정말 자랑스러워!'

그렇게 조금씩 늘려 10분을 뛰었다. 숨이 조금 가빴지만 심장에 무리는 없었다. 쉼 없이 달리는 동안 '너는 분명히 할 수 있어!'라는 생각에만 집중했다.

보통 사람들에게 10분 달리기는 아무것도 아닐 것이다. 하지만 내겐 커다란 감동이었다. 나 자신이 자랑스러웠다. 뜻하지 않게, 이렇게 간단히 하나의 한계를 깨버렸다는 게 우스우면서도 진심으로 즐거웠다. 그날 저녁 집으로 돌아온 나는 엄마에게 신이 나서 자랑을 했다.

내면의 깊은 상처를
돌보는 법

"제가 해드릴 일이 없는 것 같아요."

간만에 찾은 안과에서 담당 의사는 이렇게 말했다.

부모님은 내게 시각장애인 등록을 하라고 권했지만 겉으로 별로 티가 나지 않는데다가 장애인 등록증을 받으면 내가 불완전하다는 사실이 증명되는 것 같아 하지 않고 있었다. 그러다 최근, 휴대전화부터 시작하여 항공권까지 꽤 많은 할인 혜택을 받을 수 있다는 사실을 알고는 신청해보기로 결심했다.

전안부 검사, 망막 검사, 시신경 검사, 시유발전위 검사…… 이름도 생소한 검사들을 두 시간 동안 받은 결과는, 아무 문제가 없다는 거였다. 어이가 없었다. 어릴 때부터 왼쪽 눈이 전혀 보이지 않는데, 어떻게 아무 문제가 없다는 거지?

"선천적으로 왼쪽은 원시이고 오른쪽은 근시예요. 네다섯 살쯤 시력이 발달하는 시기에 왼쪽 눈에 알맞은 치료나 조치를 취했다면 충분히 살릴 수 있었는데 그냥 방치되었죠. 지금은 시력을 되살릴 방법이 없지만, 검사 결과가 거의 정상으로 나오기 때문에 장애 진단서를 발급해드릴 수가 없어요."

'또'라는 생각이 들었다. 허탈하게 병원을 나서는데 가뜩이나 약물 때문에 뿌연 시야에 눈물까지 촉촉이 차올랐다.

초등학생 시절, 병원에서 근무하시던 친구 아빠 덕에 유명한 안과 의사에게서 진찰을 받은 적이 있다. 그때 의사가 더 정밀한 검사를 받아보라고 권유했지만, 부모님은 나를 병원에 데려가지 않았다. 심장도 마찬가지로 방치되었다.

평소에는 전혀 의식하지 않다가도 부모님과 큰 마찰이

생기거나 몸에 대한 얘기를 하게 되면 울컥했다. 억울하고 원망스러웠다. 부자로 살지는 않았지만 끼니를 걱정할 정도로 가난한 형편도 아니었는데 어떻게 한 번도 병원에 안 데려갔을까? 솔직히 상식적으로 이해되지 않았다. 엄마는 그동안 거의 빚으로 생활해왔다고 고백했지만, 빚 내서라도 다른 건 다 하지 않았는가?

어릴 때부터 부모님은 맞벌이를 했다. 아이였을 때 제대로 된 돌봄과 사랑을 받지 못했다는 생각을 떨칠 수 없었다. 부모님을 이해하고 싶지도 않았다. 자식이 셋이나 되는데, 왜 나만 이렇게 모자란 채로 살아야 하는지 서럽기만 했다.

"엄마는 병원 한번 안 가고도 이렇게 잘 자라준 내게 감사해야 하지 않아?" "그럼 애초에 잘 낳아주지 그랬어."

부모님과 대화가 격해질 때면 이런 말을 던지며 어떠한 보상을 받길 원했다. 스스로도 정확히 무엇을 원하는지 모르는 채로 분노를 표출했다. 가끔 텔레비전에 나오는 난치병에 걸린 아이들은 오히려 씩씩한 모습으로 부모님을 위로하던데, 나는 어린 아이들만도 못했다. 하지만 마음이 안 되는 걸 어찌 하랴? 나는 이유 없이 손해를 보는 일을 극도로 싫어했다. 그래서 태어날 때부터 장애투성이인 내 몸을 생각하면 몹시 화가 나고 억울했다.

시력검사로 또 다시 해묵은 감정이 올라왔다. '어릴 때 부모님이 제대로 치료만 해줬더라면' 하는 원망이 스멀스멀 올라왔다.

'내 잘못도 아닌데, 왜 이렇게 살아야 해? 제때 치료했으면 지금처럼 오른눈이 더 나빠지거나 실명될까 봐 불안에 떨지 않아도 됐을 텐데……. 심장도 어릴 때 수술해줬으면 지금 걱정하지 않아도 되잖아. 흉터에도 익숙해졌을 테고.'

약물로 시야가 뿌얘지니 혼자 집에 가야 하는 상황마저 짜증이 났다.

'부모님은 정작 필요할 때마다 내 곁에 없군.'

집에 와서 부모님께 검사 결과를 설명했다. 얘기를 하는데 목소리가 살짝 떨리기 시작했다. 그대로 감정에 빠져버리면 늘 그랬듯 눈물과 원망으로 대화가 끝날 게 뻔했다.

그때, 잠깐 멈춰 숨으로 의식을 돌려봤다. 심호흡 하나, 삐죽이 올라오는 화가 보였다. 심호흡 둘, 올라오던 화가 멈췄다. 심호흡 셋, 한 몸 같던 화가 내게서 떨어졌다. 나와 화

사이에 거리가 생기니 그것에 휩쓸리지 않는 이성이 모습을 드러냈다. 차분하게 설명을 했다. 울먹거리지도, 짜증을 내지도 않고 할 말을 전하고, 부모님의 말씀도 들었다.

그런데 이상하다. 평소처럼 원망을 실컷 풀어놓지 못했기에 답답할 줄 알았는데 평온하기만 하다. 시력을 살릴 기회를 놓쳐서 이렇게 됐다는 걸 여러 번 곱씹어도 마음이 괜찮다. 딱히 어떤 말을 듣고 싶은지도 모른 채, 부모님께 상처가 되는 말을 퍼부으며 속이 후련해지기를 바랐는데, 그런 말을 꺼내놓지 않은 지금이 더 평화롭다. 이것이 화두가 될 때면 일렁이던 마음의 파도도 금세 잠잠해졌다.

더불어 부모님을 이해해보고자 하는 마음이 일어났다. 말로 표현하시지는 않지만, 나름 이유와 고통이 있었으리라. 내가 원하는 방향의 사랑을 보여주지 않는다고 나를 사랑하지 않는 건 아니다.

부모님을 이해하려고 할수록 편해지는 건 내 마음과 나의 관계였다. 부모님에 대한 마음이 편안해지고 있다는 사실을 깨달았을 때, 나는 나 자신과 화해한 듯한 기분이 들었다. 그래서 깜짝 놀랐다. 부모님이 아닌, 나와의 화해라고?

그동안 부모님을 향해 내던진 원망과 분노는 부메랑처럼 내 안에 고스란히 돌아와 쌓였을지도 모른다. 내 마음은 분노와 미움, 원망, 짜증, 화 같은 무거운 감정들로 몹시 지쳐서, 이제 그런 부정적인 감정들은 다 버리고 조건 없는 사랑과 인정만을 채워주기를 기다렸을지도 모른다.

내면에 깊이 새겨진 상처의 진정한 치유는 자신과의 화해에서부터 시작된다.

오직 걷기 위해 걸어보기

몸 명상이 끝나면 늘 걸으면서 자애 명상을 했다. 발걸음을 내디딜 때마다 '나 자신이 행복하고 평화롭기를.' '괴로움과 슬픔에서 벗어나기를.' 하고 되뇌며 내게 자애를 보냈다. 타인에게 자애를 보낼 때는 '○○이 행복하고 평화롭기를.' '○○가 괴로움과 슬픔에서 벗어나기를.' 하고 속으로 말하며 걸었다.

위파사나식 걷기 명상은 다르다. 한 걸음 한 걸음 뗄 때마다 몸의 감각에 집중하여 걷는다. 이게 잘 안 되는 사람은 마음을 알아차리며 걸으면 된다.(같은 위파사나를 해도, 마하시 센터는 몸의 감각에 집중하기를, 쉐우민 센터는 마음을 알아차리기를 강조한다.) 그저 걷기 위해 걷는 것이다.

5주차가 되자 우리는 자애 명상이 아닌, 위파사나식 걷기 명상을 배웠다. 모두 3단계로 진행되었는데, 처음 1단계에서는 단순하게 왼발과 오른발을 의식하며 걷는다. 2단계에서는 조금 더 세분화하여 발을 들고-나아가서-내려놓기까지를 의식하며 걷는다. 3단계는 여기서 더 세세해진다.

"걷고자 하는 의도와 발을 들고-나아가서-내려놓으며-닿아-누르기까지 모든 과정을 의식하며 감각 하나하나를 느끼며 걸으세요."

자연스레 걸음걸이는 극도로 느려졌다. 왼발과 오른발을 의식하며 걷기는 비교적 쉬웠다. 다음 단계로 넘어가니 모든 참여자의 걸음걸이가 일제히 조금씩 느려졌다. 여기까지는 그리 어렵지 않았다. 중간 중간에 생각이 떠올라서 알아차리는 과정이 이어졌지만 수월한 편이었다.

마지막 단계로 접어들자, 다들 약속이나 한 듯 처음 걸음마를 배우는 사람들처럼 온 신경을 집중하고 천천히 걷기 시작했다. 그럼에도 불구하고 모든 과정을 의식하며 걷기란 쉽지 않았다. 생각 없이 걷는 습관이 깊숙이 배어 있어서 걷고자 하는 의도까지 파악하기가 여간 힘든 일이 아니었다. 조금만 의식하기를 게을리 해도 나도 모르게 획 돌아 걷고 있었다.

30분 정도 위파사나식 걷기 명상을 하니 새삼 몸에 대한 감탄과 존경심이 일어났다. 얼마나 정교하게 만들어진 몸이기에 크게 신경 쓰지 않고도 잘 걸을 수 있을까? 몸의 부분들이 저마다 단 하나의 오차도 없이 움직여야만 가능한 일이다.

걷기 명상을 하면 그동안 전혀 의식하지 못했던 몸의 감각들을 알아차리게 된다. 땅에 가장 먼저 발바닥 어느 부분이 닿는지, 어떤 느낌이 나는지를 알게 되고, 종아리 근육과 관절의 움직임, 허벅지를 스치는 양 손의 감각이 새롭게 다가온다. 이제껏 나는 무슨 생각에 빠져서 걸었던 걸까?

걸으면서도 마음은 늘 다른 곳에 가 있었다. 약속 시간에 늦어지면 빨라진 발걸음에 맞춰 꾸물댄 나 자신을 비난하느라 마음도 분주했다. 느릿느릿 걸을 때에도 잡념에 빠진 마음은 여기저기를 오가며 떠돌았다. 걸음은 그저 나를 원하는 장소로 옮겨주는 수단에 불과했다. 몸은 여기에 있지만, 마음은 여기에 없다. 걷기 명상은 평소 얼마나 많은 상념에 빠져 살았는지를 단번에 일깨워줬다.

걷기 명상을 하며 다짐한 게 있다. 어떠한 것을 보더라도, 어떠한 것을 듣더라도, 어떠한 냄새가 나더라도, 어떠한 감각을 느끼더라도 모두 판단 없이 받아들이겠다는 다짐이다.

마음이 자리를 비우지 않고 '지금 여기'에 있을 때에, 더 많은 나비들이 보였다. 평상시에는 몰랐던 미묘한 냄새들을 맡았다. 앞서 가는 사람을 추월하려는 쓸데없는 경쟁심이 일지 않았다.

이렇게 걷다 보면 말로 표현할 수 없는 감정이나 생각들도 보이는데, 이런 것들은 의식을 온전히 현재에 두지 않으면 알아차리기 힘들다. 명상원을 오가는 50분이라는 시간이 음악이나 마음을 둘 무언가가 없어도 전혀 지루하거나 길게 느껴지지 않는다.

매일 똑같은 길을 걷지만 매일 다르게 다가온다. 볼거리라곤 없는 큰 도로변을 걸을 뿐인데, 어제와 오늘 걸은 걸음이 다르다. 한 발 한 발 내딛는 모든 걸음이 그 순간 그곳에서

걸을 수 있는 단 한 번의 걸음이다. 단순히 걷기만 할 뿐인데 머릿속에 텅 빈 맑은 공간이 생겨난다.

생태운동가이자 시인인 게리 스나이더 Gary Snyder 는《야생의 실천》에서 '걷는 일은 굉장한 모험이자 최초의 명상이며 인간에게는 으뜸가는 진심과 영혼의 실천'이라고 말했다. 가만히 앉아서 하는 좌선 명상이 맞지 않다면 일상에서 쉽게 할 수 있는 걷기 명상을 시도해보길 권한다.

나는 오늘도 오직 걷기 위하여 걷는다.

일상에서 쉽게 하는
위파사나식 걷기 명상법

걷기 명상을 할 장소로는 조용한 산책로나 공원이 좋다. 하지만 그런 곳이 주변에 없다고 해도 괜찮다. 내가 매일 걷는 길도 6차선 도로 가장자리다. 원래 위파사나 명상은 일상 속 모든 동작에서 깨달음 얻기를 추구한다. 번잡한 큰길가든, 탁 트인 강변이든 장소와 상관 없이 걷기 명상을 할 수 있다. 방이나 거실처럼 혼자서 집중할 수 있는 곳이라면 실내도 괜찮다.

1. 걷기 전에 서서, '서 있음'을 알아차리며 마음을 차분히 한다.

2. 평소보다 조금 느린 걸음으로, 자연스럽고 편안하게 걷는다. 초보자일 때는 '왼발', '오른발' 속으로 되뇌면, 걷기에 집중하고 매 걸음을 알아차리는 일이 좀 더 쉬워진다.

3. 시선은 앞을 향한다. 눈을 감고 걷지는 않는다.

4. 발 동작과 거기서 느껴지는 감각에만 집중하며 걷다가, 익숙해지면 발을 '들고 – 나아가서 – 내려놓기'로 걸음을 나누어 관찰한다.

5. 위 과정에 익숙해지면 '들고 – 나아가서 – 내려놓고 – 누르기'로 더 세세하게 나누어 관찰한다.

6. 턴을 하기 전에 잠시 멈추어 서서 '서 있음'을 알아차린다. 돌고자 하는 의도를 알아차린 후, 다시 걷고자 하는 의도를 알아차리며 걷는다.

7. 걷는 동안 마음에서 올라오는 생각이나 감정이 있다면, 그것을 알아차리고서, 다시 몸에서 느껴지는 감각에 집중한다.

각자 자신에게 맞는 속도가 있다

　함께 출발선에 섰던 사람들이 나를 제치고 앞서나가면 불안해지기 시작한다. 나만 뒤처지는 것 같기 때문이다.

　지난 여름, 새로운 온라인 마케팅 강의를 들었다. 두 달에 걸친 여덟 번 강의에 350만 원을 냈으니, 나름 고액을 투자한 셈이었다. 수강생은 서른 명이 훌쩍 넘었고, 다들 사업 쪽으로 잔뼈가 굵은 사람들이었다.

　한동안 SNS를 쉬었다 다시 시작하려니 역시 쉽지가 않았다. 명상을 시작한 뒤로는 휴대전화에 깔린 SNS 관련 앱을 다 지웠었다. 카카오톡도 한 번에 몰아서 확인했으니, '디지털 디톡스' 생활이라 할 만했다.

그랬던 내가 다시 모바일 중심의 소셜 미디어 마케팅 강의를 들으니 초반부터 버벅대기 일쑤였다. 벌써 트렌드를 쫓아가지 못하는 나이가 된 걸까? 서글퍼지는 동시에 마음이 급해졌다. 나이 탓은 변명에 불과했다. 훨씬 나이가 많은 사람도 열심히 하고 있으니까.

강의 초반에는 성과를 보이는 사람이 적었다. 대부분 나처럼 어려워하고 있다는 사실에 마음놓고 있었는데, 중반부터는 다른 사람들도 슬슬 성과를 내기 시작했다. 마음에서 난리가 났다. 아니 정확히 말하자면, 진짜 마음은 동요하지 않는데 '나'라는 에고의 마음이 성급해지기 시작했다.

'지금 이걸 하고 있을 때가 아닌데.' '비즈니스 인스타그램 계정 만드는 법은 왜 이렇게 복잡한 거야?' '페이스북 친구 5천 명을 두 달 만에 만들라고? 그건 무리라고!'

한 주 한 주, 새로운 강의가 거듭될수록 허둥대다 슬슬 놓아버리기 시작했다. 혼자서 매주 새로운 SNS 계정을 만들고 커리큘럼대로 실천해가는 건 무리였다. 알바나 직원을 쓰는 다른 수강생들과 속도를 맞추기란 도저히 불가능했다. 시간이 날 때마다 눈을 감고 조용히 의자에 앉아 마음을 바라봤다. '지금 나는 어떻게 해야 할까? 내게 필요한 것은 무엇일까?'

'이거다' 하는 대답 없이 그렇게 며칠이 흘러갔다. 하지만 이미 나는 알고 있었다. 쫓아가기를 멈추고 내 속도대로 나아가야 함을. 무리해봤자 내 가랑이만 찢어질 거란 사실을.

매주 명상원에서 걷기 명상을 한다. 그런데 같은 시각에 모두 제자리에서 시작하지만, 걸음걸이도 속도도 저마다 다르다.

30년 넘게 명상해온 선생님은 꽤나 거침없이 발걸음을 떼어낸다. 통증클리닉 원장님은 주로 손을 앞으로 마주잡고 아주 조심스럽게 걷는다. 그리고 가끔 턴을 하지 않고 멈춰서서 한 곳을 응시한 채 한동안 명상한다. 작년 봄부터 함께한 미국인 케이트는 맨발로 걷는다. 나는 뒷짐도 지었다가 손도 풀었다가, 다른 사람들에게 한눈도 팔았다가 다시 주의를 몸으로 돌려 아주 천천히 조심스럽게 걷곤 한다. 명상이 끝났음을 알리는 좌종 소리가 울리면 다들 제자리로 돌아가 앉는다.

걸음걸이와 속도는 제각각이지만 전혀 이상하지 않다. 너무나도 자연스럽게 서로 다름을 받아들인다. 그런데 삶에서는 왜 그게 안 되는가?

우리 각자의 삶은 한 편의 '오디세이아'이다. 그 대서사시의 완성은 우리 자신에게 달려 있다. 그러므로 우리가 걸어가는 길이 각자의 이타카 여행이어야 한다. 그 길에서 넘어지고 다시 일어서는 과정이 우리의 순례이다. 당신의 이타카는 무엇인가? 당신은 그 이타카로 가는 길 어디쯤에 있는가?

류시화 시인은 《새는 날아가면서 뒤돌아보지 않는다》에서 우리 각자의 삶이 '오디세이아' 같은 대서사시이고, 고향 이타카로 돌아가는 여정이라 했다.

삶은 나만의 독특한 시간이다. 이 땅에 사는 수많은 사람들 가운데 같은 삶을 사는 사람은 단 한 명도 없다. 타인의 인생을 흉내내기란 도무지 불가능하다. 내 삶에서 만나는 돌, 바람, 웅덩이, 비, 바위 같은 것들이 모여 삶의 길이 만들어지고, '하나뿐인 내 인생'이 된다. 고향 이타카로 돌아가는 길은 저마다 다르고 여정에서 벌어지는 일들 역시 다를 수밖에 없다.

인생에는 규정이나 마감시간이 없다. 바로 지금 이 순간, 우리는 우리만의 독특한 여정을 경험하며 만들어가고 있다. 언제, 어디에 반드시 가 있어야 한다는 것은 없다. 우리는 어떤 목적지에 이르기 위해 태어난 것이 아니다.

때론 비바람을 맞을 수도 있다. 비바람이 멎으면 따뜻한 햇살과 함께 들꽃을 감상하는 여유를 가질 수도 있다. 피곤하다면 잠시 나무 그늘을 빌려 쉬어 갈 수도 있다. 오던 길이 마음에 들지 않는다면 방향을 바꿔 다른 길로 갈 수도 있다.

이 여행의 끝은 죽음이다. 삶이란 여정은 죽음을 맞이해야 끝이 난다. 그렇기에 빠른 시간도 늦은 시간도 없다. 우리는 각자 자신에게 맞는 속도로 가고 있는 것이다.

주변 사람들과 걷는 속도가 다르다고 불안해하지 않으려 한다. 불안함을 지긋이 바라보며 나와 거리를 두려 한다. 그 사람들은 그 사람들의 걸음으로, 나는 나의 걸음으로 걷고 있음을 잊지 말아야겠다.

가치관이 다른 부모 이해하기

    몇 달 만에 고등학교 친구들과 만나기로 했다. 약속 시간 전에 일찌감치 준비하겠다고 마음먹었는데, 어쩌다 조금 늦어져서 아빠가 전철역까지 데려다주셨다.

    "오늘 어디 가니?"

    "친구들 만나러 가요."

    "대학교 때 친구들?"

    "아니, 고등학교 친구들."

    "동창들 만나면 정말 재밌겠다."

뭐라고 대꾸를 해야 할지 몰라 가만히 있었다. 부모님의 최종학력은 초등학교 졸업. 시골에 살면서 아빠는 고등학교에 다니는 친구들을 부러워한 적이 있었을까?

두 번째 주 자애 명상을 할 때였다. 자애 명상은 총 4주에 걸쳐 진행되었는데, 정해진 순서에 따라 나를 비롯한 주위 사람들, 더 나아가 온 세상에 살아있는 모든 존재에게 자애의 마음을 보내는 시간이었다. 그날도 차례대로 자애 명상을 하고 있었는데 선생님이 이렇게 말했다.

"지금부터 눈을 감고 20대 때의 아버지를 한번 상상해보세요."

참으로 낯선 주문이었다. 머리가 하얗게 센 아빠가 혼자 우두커니 소파 한 자락에 앉아 휴대전화로 유튜브를 보며 하염없이 시간을 보내는 모습이 떠올랐다. 그런 아빠에게도 20대 시절이 있었겠지?

조용히 눈을 감았다. 어릴 적 사진첩 어딘가에서 본 흑백 증명사진 속 아빠 얼굴이 생각났다. 그 사진을 바탕으로 상상을 이어가니 지금과는 달리 기운 넘치고 쾌활한 아빠의 모습이 떠올랐다. 실제로 아빠는 젊었을 때도 말수가 적고 조용했을지도 모른다. 하지만 나처럼 많은 꿈들을 꾸었을 것이다. 순간, 감은 두 눈에서 눈물이 양 볼을 타고 흘러내렸다. 당황스럽게도 눈물을 멈출 수가 없었다. 왜 우는지도 모르는 채 계속 눈물을 흘렸다.

오랫동안 외국에서 살면서 가장 부러웠던 건 다름 아닌 부모와 자식의 원만한 관계였다.

내가 사귀었던 사람은 다섯 형제 중 늦둥이 막내였다. 그는 부모님과 나이차가 상당했음에도 관계가 좋았다. 무슨 일이 생기면 가장 먼저 부모와 의논했고, 부모 역시 윽박지르거나 비난하지 않고 문제를 해결하기 위한 대화를 했다. 아들의 뜻을 무조건 믿고 지지해주는 모습이 무척 부러웠다.

어릴 때부터 부모님이 나를 소유물로 여기는 듯이 말하고 행동하는 것이 싫었다. 서로 가치관이 다를 뿐인데, 식구 중에서 나만 존중받지 못하는 것 같았다. 집에서 마음을 닫고 지내는 시간이 늘어갔다. 고등학교 3년 내내 부모님과 거의 대화도 하지 않았다. 가족이 족쇄처럼 느껴져서 늘 외국에 나가 사는 걸 꿈꾸었다.

부모님이 친구들 자식 자랑을 듣고 와서 얘기하는 것도 신물이 났다. 다른 나라 노인들은 자기 힘으로 살아내는 걸 자랑스러워하는데, 왜 우리나라 부모님들은 자식에게 무엇을 받는 걸 자랑스러워할까? 나는 친구들이 부모님에게서 받은 걸 자랑해도 집에 와서 얘기하지 않는데……. 한국 부모들은 자식 자랑 말고는 할 얘기가 없는가?

아빠 지인 중에 자동차 회사 다니는 자식 덕에 차를 공짜로 1, 2년에 한 번씩 바꾸는 분이 있다. 차를 자랑하고 싶어 점심을 핑계로 아빠를 불러내시곤 한다. 그런데 어느 날 아빠가 내게 이렇게 말했다.

"아빠는 다른 건 남에게 절대 꿀리지 않아. 돈 없어도 안 꿀려. 근데 딱 하나, 자식 얘기만 나오면 한없이 초라해진다."

솔직히 충격이었다. 부모에게 내 존재를 부정당하는 느낌이 들었다. 쏟아내고 싶은 말이 아주 많았지만, 애써 꾸욱 눌러내렸다.

항상 믿고 지지해주는 부모님을 가진 사람들이 부러웠다. 부모님과 어떤 고민도 거리낌 없이 나눌 수 있는 사람들. 내 부모님은 나를 이해하려 하지도 않고, 내게서 뭔가를 바라기만 한다고 생각했다.

그러나 아빠의 20대를 떠올린 몇 분 동안, 나 역시 부모님을 이해하려 하지 않았음을 깨달았다. 고교 동창 모임이 재밌겠다는 말을 들을 때도 아빠의 마음이 어떤지 헤아려보지 않았다. 당신들이 못 간 중학교, 고등학교, 대학교를 가고 졸업하는 자식들을 보며 부모님은 어떤 감정을 느꼈을까? 분명 삼남매를 키우며 포기한 일들이 많았을 텐데 나는 그런 희생을 너무 당연하게 여기기만 했다. 이해받지 못한다고 원망할 뿐, 왜 부모님을 이해할 생각은 해보지 못했을까?

먼저 내쉬어야 새 숨을 들이마실 수 있다. 침묵 속에서 호흡에 집중하고 있으면 이 간단한 진리를 바로 알 수 있다. 명상 덕분에 이해받으려면 내가 먼저 이해해야 함을 배워간다. 무언가를 받으려면 내가 먼저 주어야 함을, 꽉 닫은 마음을 열어야 함을 깨닫는다. 그런데도 바쁘게 살다 보면 이 단순한 진리를 자꾸 잊는다.

위파사나 명상 지도자인 샤론 살츠버그^{Sharon Salzberg}는 명상을 통해 '우리 마음이 진실로 유쾌하며, 고통스러운 모든 체험과 다른 삶을 다 담을 수 있을 만큼 넓음을 깨달았다'고

했다. 그리고 그런 깨달음은 삶과의 관계를 바꿔나간다고 했다. 그 말뜻을 전부 이해하지는 못하지만, 조금씩 알아가고 있는 것은 확실하다. 나 또한 명상을 통해 연결된 삶들과 맺는 관계가 바뀌어가고 있다.

침묵을 즐기는 법

한 예능 프로그램에서 방송인 유병재의 극단적인 낯가림을 다뤄서 화제가 된 적이 있다. 그는 매니저와 있을 때와 다른 사람들과 있을 때 완전히 다른 모습을 보였다. 이런 모습을 담은 영상을 보면서 스튜디오에 있던 사람들이 깔깔대고 웃었다. 예능 프로그램 촬영 중이니까 일부러 과장되게 웃었겠지만, 내게는 불편해하는 사람을 붙잡고 어떻게든 대화를 이어가려고 애쓰는 사람도, 어색해서 어쩔 줄 몰라 하는 유병재 씨도 모두 안타깝게 느껴졌다.

낯선 사람과의 대화가 고문처럼 두려운 사람에게는 오히려 어색한 침묵이 더 고마운 배려가 된다. 90년대 큰 인기를 얻었던 밴드, 디페쉬 모드 ^{Depeche Mode}가 부른 〈엔조이 더 사일런스〉의 노랫말처럼.

말은 폭력처럼	Words like violence
침묵을 깨고	Break the silence
충돌해 들어오지	Come crashing in
내 작은 세계 속으로	Into my little world
말은 아주 불필요하지	Words are very unnecessary
오직 상처만 입힐 뿐	They can only do harm
고요를 즐겨	Enjoy the silence

나 역시 누군가와 있을 때 정적에 휩싸이는 순간을 참지 못하곤 했다. 치부까지도 드러낼 수 있는 오랜 친구 사이가 아니라면, 미리 얘깃거리들을 머릿속에 준비해 만나곤 했다. 대화가 끊기고 잠시라도 침묵이 이어질 때면 속으로 '무슨 얘기를 할까?' 찾느라 분주했다. 그럴수록 마음만 다급하고 입은 더 다물어졌다.

새로운 모임은 더 힘들었다. 좋은 인상을 주려고 끊임없이 흥미로운 얘깃거리를 찾아내야 했다. 지나치게 애쓰고 있다는 사실조차 의식하지 못한 채 당연스레 그렇게 했다. 사회생활 잘하는 성격 좋은 사람으로 보이려고 말이다.

명상원에 30분 일찍 도착한 적이 있다. 처음으로 혼자서 선생님과 마주하고 있자니 몹시 어색했다. 질문이라도 해야 할 것 같아서 머릿속으로 분주히 찾아보았지만 딱히 떠오르는 게 없었다. '으악! 너무 어색해. 아무라도 빨리 와줬으면!' 연락처를 아는 사람이 있었다면 빨리 오라고 재촉 문자를 보냈을 것이다.

반면, 선생님은 아주 평온했다. 나를 별로 신경도 쓰지 않은 채 조용히 두 눈을 감고 명상했다. 그렇게 시간이 흐르다 보니 내 긴장도 서서히 풀리기 시작했다. '누군가와 말없이 있어도 편안하구나.' 침묵이 자연스럽게 다가왔다.

왜 침묵이 불편해야 할까? 낯선 사람과 할 얘기가 별로 없는 건 당연한데 말이다.

어릴 때 나는 참 내성적이었다. 네 살 때부터 알던, 바로 옆집에 살아 가족끼리도 서로 친하게 지냈던 친구가 있었는

데 친구 부모님을 보면 바로 얼어서 잘 앉지도 못했다.

나이가 들어 사회생활을 하며, 사교적인 가면을 쓰는 일이 조금씩 능숙해졌다. 어색한 침묵을 피하려고 먼저 말 걸기도 쉬워졌다. 하지만 그런 만남을 가지고 집으로 돌아오면 굉장히 피곤했다. 좋은 인상을 주려고, 한 명이라도 더 연락처를 알아내려고 에너지를 있는 대로 쥐어짰으니까.

명상을 하며 침묵에 익숙해져간다. 혼자 있을 때뿐 아니라, 타인과 함께 있을 때에도 침묵이 자연스러워진다. 고요가 주는 평화로움 속에서 마음의 긴장을 푸는 여유가 생겨난다. 애써 얘깃거리를 찾지 않아도 자연스럽게 함께 있는 법을 터득해간다.

지난가을, 한 독서모임에서 주관하는 강연을 들으러 갔다. 흥미로운 할머니 한 분이 있어서 그분과 더 이야기 나누고 싶은 마음에 뒤풀이까지 따라갔다. 서로 자리를 옮겨가며 연락처를 주고받느라 분주한 가운데, 나는 같은 자리에 앉아서 할머니와 계속 대화를 이어갔다. 그런 내 모습을 보고 이벤트를 주관했던 남성분이 이렇게 말했다.

"원래 그렇게 내성적이세요?"

나는 내성적인 편이긴 하다. 그러나 내가 원한다면, 하고 싶은 게 있다면, 적극적으로 나선다.

아는 사람 하나 없이 히라가나, 가타카나만 달랑 외우고 떠난 일본 생활. 어학원조차 다니지 않았기에 딱히 말을 배울 방법이라곤 사람들과의 대화가 다였다. 그래서 인터넷으로 모임을 찾아다니며 사람들과 만났고, 길에서 전단지를 나눠주는 사람과 대화를 시도하기도 했다. 런던에서는 또 어땠나? 저녁 8시, 방을 보러 가서 처음 만난 이탈리아 사람과 수다를 떨다 새벽 첫 차를 타고 게스트하우스로 돌아온 적도 있었다. 그때 만난 사람들은 나를 활발하고 적극적인 사람이라 생각할 것이다.

내 안에는 적극적인 나도 있고, 소극적인 나도 있다. 한 가지 면만 갖고 있는 사람은 없다. 그리고 자기 안에 있는 여러 면들을 자연스럽게 즐길 수 있어야 한다. 대화를 즐길 줄 안다면 침묵도 즐길 줄 알아야 한다. 침묵 속에서 마음의 긴장을 놓고 자연스럽게 침묵 자체를 받아들일 줄 알아야 한다.

완벽한 고독을 즐기는 법

아는 사람이 카카오톡으로 청첩장을 보내왔다. 봄에 이어 날씨 좋은 가을, 또다시 '나만 빼고 다들 좋은 시절'이다.

한때 결혼이 가장 큰 소원 중 하나였던 때가 있었다. 불과 1년 전만 해도 결혼, 아니 연애만이라도 해보는 게 소원이었다. 귀국한 뒤로 스치는 인연조차 없으니 내 청춘은 이렇게 끝나나 싶어 절망에 빠지기도 했다. 40대에 청춘을 찾는 내가 너무한 걸까?

당신에게 필요한 건 사랑뿐이죠.

All You Need is Love.

영국 밴드 비틀즈는 우리에게 필요한 건 사랑뿐이라고 했던가? 그 노래 가사처럼, 때로 우리는 사랑에 목을 맨다. 요즘은 자발적 싱글들도 많지만, 결혼하지 않는다고 사랑까지 마다하지는 않는다. 사랑을 시작할 때의 두근두근함과 설렘, 행복감……. 오직 사랑만이 우리에게 줄 수 있는 선물이다.

하지만 많은 사람들이 사랑은 오래 가지 않는다고 한다. 불꽃같은 사랑도 오래 가야 3년이란 말을 수없이 들어왔다. 1967년 '당신에게 필요한 건 사랑뿐'이라 부르짖던 존 레논도 결국 이혼하고 2년 뒤 오노 요코와 재혼하지 않았던가?

꿈꾸는 소녀 같은 친구가 있다. 화창한 날 예쁘게 꾸미고 카페에 앉아 향 좋은 커피에 맛있는 빵을 먹거나, 퇴근 후 지인들과 이자카야에서 술 한잔 기울이기를 좋아하는 친구다. '남편과 데이트 해도 되잖아?' 하면 남편은 쌍둥이를 함께 키우는 동지일 뿐 사랑이 샘솟지는 않는다고 했다. 열렬히 사랑해서 가출까지 감행해 결혼에 성공했는데, 세월과 함께 사랑은 식고 가끔은 무척 외로워한다. 이 친구뿐 아니라 결혼한 친구들 대부분이 남편을 그저 의리로 함께 사는 가족으로 여기는 듯하다.

나는 어렸을 때부터 혼자 지내는 시간이 참 많았다. 어려서는 부모님 모두 일을 해서 혼자였고, 성인이 되어서는 아는 사람 하나 없는 외국에 있어 혼자였다. 홀로 외로운 밤을 쓸쓸히 보냈던 적이 무척이나 많았다. 옆에서 의지가 되어 줄 사람을 간절히 원하곤 했다.

그러나 정말 큰 외로움, 고독을 느꼈던 때는 누군가와 함께할 때였다. 같은 공간에 함께 있지만 정서적 연결감을 잃어버렸을 때만큼 외로움을 뼈저리게 느껴본 적이 없다.

명상을 하다 보면 세상에 영원한 건 없다는 사실을 늘 깨닫는다. '항상 있는' 것이 없음을 배우는 시간이 명상이다. 마음을 무겁게 하던 생각이나 감정도 계속 머무르지 않는다. 왔다가 사라지고, 새로운 생각이나 감정이 그 자리에 다시 들어선다. 사랑도 마찬가지다. 내 안을 전부 채워주던 충만감은 세월이 지나며 사라져버린다.

비단 사랑만이 아니다. 모든 관계가 그렇다. 인간은 사회적 동물이라 혼자서는 살 수 없고, 관계 속에서 존재감을 느낀다. 그래서 혼자일 때는 외로움이나 불안감을 느낀다.

외국생활을 끝내고 귀국하고 보니, 만날 친구가 없었다. 연락처가 바뀌었거나 아이 키우느라 바빠서 짬을 내기가 어려웠다. 일을 혼자서 하니 직장 동료와 교류할 일도 없었다. 혼자 있는 시간이 너무 길어지자 심각한 고민에 빠지기도 했다. 하지만 내 결론은, 억지로 누군가와 관계를 맺기보단 혼자서도 괜찮게 살아가는 법을 터득하는 것이었다. 덕분에 완벽한 고독을 즐기는 법을 배워가고 있다.

그저 단순히 혼밥을 하고 혼자서 영화를 즐기는 식의 생활이 아니라, 오롯이 혼자 있음이 아무렇지 않고 그 자체로 평화로운 나날을 보내고 있다. 봄과 가을이 찾아오면 으레 깨어나던 연애세포 때문에 근사한 로맨스를 꿈꾸는 일도 없다. 인터넷에서 친구를 찾는 일도 그만뒀다. 혼자 있는 이 순간이 온전하게 'OK'가 되어간다. 홀로 있으면 비교 판단할 대상이 없으니 늘 머릿속을 꽉 채우던 많은 생각들도 저절로 줄어들었다. 대신 나 자신에 대해 알아가고 탐구하는 시간들로 채워져간다.

완벽한 싱글은 결혼 여부와 상관없이, 어떤 상황에서도 온전히 자유로운 '나'로 살 줄 아는 사람이다. 어디에도 기대지 않고, 홀로 평화롭게 살아갈 수 있는 사람. 고독이란 단어에 꼭 따라붙는 외로움을 이제는 '자유'로 바꿔야 하지 않을까 싶다.

2장

나만 뒤처지는 것 같을 때

다름을 받아들이는 연습

토요일, 친구와 함께 경복궁에서 광화문 쪽으로 걸어 내려오는데 시끄럽다. '데모라도 하는 건가?' 소리에 점점 가까워지자 실체를 확인할 수 있었다. 보수정권 지지 집회였다.

"아직도 하네?"

"진짜…… 기운들이 넘치나 봐."

우리는 최대한 부딪치지 않으려 세종문화회관 뒤쪽으로 돌아갔다. '설마, 저 사람들 중에 아빠도 있는 건 아니겠지?' 친구에게 말은 못했지만, 사실 아빠도 보수파 집회에 몇 번인가 참석했다.

부모님과 함께 사는 일은 만만치 않다. 생활습관은 물론,
식습관조차 잘 맞지 않는다. 나는 텔레비전을 보지 않는데,
부모님은 깨어 있는 시간 내내 텔레비전을 켜둔 채로 산다.
보통 사람들보다 냄새에 민감한 아빠 때문에 우리는 한여름
에도 창문을 꼭꼭 닫아야 했다.

그러나 무엇보다 힘든 점은 다른 가치관이다. 부모님과
나는 정치는 기본이요, 경제, 사회, 생활습관까지 거의 모든
면에서 가족이 맞나 싶을 정도로 다르다. 부모님은 시시때
때로 현 정부를 비판하고 이전 대통령을 옹호하는 얘기를
주고받는다. 아빠는 하루 종일 여러 채널에서 하는 뉴스를
시청하시는데, 소음에 민감한 내겐 엄청난 스트레스다. 듣
기 싫은 내용을 매일같이 들어야 하다니, 고문 수준이다.

나이가 들수록 사고방식이 점점 자유로워지는 엄마와 달
리, 아빠는 더 폐쇄적이고 고집스러워진다. 최대한 자유롭
게 살고 싶은 나와 모든 상황을 자기 마음에 들게끔 조종하
려는 아빠 사이에는 충돌이 자주 일어난다. 그리고 그 사이
에서 엄마는 양쪽 눈치를 보며 스트레스를 받는다.

마흔 넘은 딸이 무조건 '네, 네' 하며 자기 방침에 따라와 주길 바라는 아빠, 각자 인생에 충실하기를 바라는 나. 우리가 만날 수 있는 지점은 과연 어디일까?

나는 나이 탓을 하며 인생이 끝난 듯 텔레비전만 바라보는 부모님이 못마땅하다. 바깥에 나가서 걷기도 하고, 두 분이서 가까운 데로 여행도 다니고, 책을 읽거나 뭔가에 도전하며 시간을 보내시기를 바란다.

하지만 그런 얘기를 꺼내면 항상 돈이 없으니까 못한다는 결론으로 끝맺는다. 아빠는 무조건 차 타고 다니는 여행만 고집했고, 엄마는 혼자서는 아무 데도 가지 않으려 한다. 두 분 다 무엇을 배우거나 도전하는 일에는 돈이 든다며 아무것도 하려고 하지 않는다.

저렴한 비용으로 들을 수 있는 강좌에 찾아가고, 도시락 싸서 무료 전철을 타고 소풍을 다니면 안 될까? 하루 종일 무료하게 집에 있는 것보다는 나을 텐데.

이탈리아에서 만난 전 남자친구의 부모님은 우리 부모님과 비슷한 또래였다. 자식들은 이탈리아 북부에 살고, 두 분은 동남부의 풀리아에서 산다.

두 분은 1년에 두 번 정도 자식들을 보러 갈 때를 빼곤, 작은 차를 몰고 가까운 곳으로 여행을 다녔는데 거의 늘 도시락을 준비해 갔다. 새로운 음식이나 문화를 접하는 데도 거리낌이 없었다. 아들의 절친한 친구가 글로벌 대기업에 취직했어도 결코 비교하며 스트레스를 주지 않았다. 쉰을 바라보는 아들이 결혼하지 않아도 친구들 앞에서 주눅 들지 않았다. 늦둥이 아들이 아홉 살 연상의 동양 여자를 애인으로 데려와도 무조건 환영해주었다. 자식들이 요청할 때 망설임 없이 도움을 주지만, 인생에 관여하거나 조종하려고는 하지 않았다.

문화 차이야 있겠지만, 인공지능과 가상현실을 논하는 21세기에 우리 부모님이 이분들처럼 열린 사고방식을 가지기를 바라는 건 무리일까?

나의 가장 큰 고민은 가족이었다. 다른 인간관계에서 오는 스트레스는 미미했다. 항상 가족 때문에 짜증과 분노가 일어난다고 생각했다.

그런데 명상을 하니, 내가 가족을 내 바람대로 바꾸려 했음을 깨달았다. 자기 마음대로 가족을 조종하려 한다고 아빠를 비난했는데, 나 역시 부모님을 내 이상에 맞춰 바꾸고 싶어했다. 짜증의 원인은 가족이 아니라, 가족이 내 뜻대로 바뀌길 바라는 마음에 있음도 깨달았다.

우리는 타인을 바꿀 수 없다. 그 사람이 스스로 변화를 원해야 한다. 그럼에도 불구하고, 우리는 다른 사람이 내 마음에 맞게 바뀌기를 무의식적으로 바라며 살아간다.

오직 바꿀 수 있는 건 그 사람을 향한 나의 반응뿐이다. 인간관계뿐만 아니라, 세상의 모든 일도 똑같다. 원치 않는 일이 일어난다고 화를 내고 짜증을 내봐야 상황은 바뀌지 않는다. 평온을 원한다면, 내 마음부터 바꿔야 한다.

명상을 하면 내 속에 불편한 마음이 오롯이 보인다. 어떤 상황이나 사람으로 인해 불편한 내 마음을 보고 이해하게 된다. 하지만 타인이나 상황을 바꾸려 하거나 불편함을 빨리 없애려 하지 않는다. 그저 예전처럼 습관적으로 반응하지 않을 뿐이다. 그리고 '싫다'는 마음에 거리 두기를 잊지 않는다. 타인이나 상황을 바꾸고 싶어하는 마음을 놓는 연습을 한다. 그런 마음을 발견할 때마다 '지금 내 마음이 이렇게 원하는구나' 하고 알아차린다.

욕심을 놓아버리니 미움에 가려 있던 것들이 보이기 시

작했다. 나를 위해 매번 밥과 반찬을 따로 준비해주는 엄마의 수고, 전에 다니던 운동센터까지 매일 태워다준 아빠의 수고, 딸이 들어오지 않으면 자정이 넘어서도 깨어 기다리는 부모님 마음, 마흔 넘은 딸 먹으라고 밤을 까주는 마음……. 일상에 젖어 당연하게 여겼던 일들이 하나하나 고마움으로 다가오기 시작했다.

상황은 크게 달라지지 않았지만, 부모님과 사는 일은 한결 평화로워졌다. 참기 힘들었던 예전 일들이 지금은 마음에서 아무런 충돌을 일으키지 않는다. 물론 지금도 방심하면 매일같이 들려오는 부정적인 말에 발끈하기도 한다. 그럴 때마다 심호흡을 하며 마음에 주의를 집중시킨다.

열등감을 대하는 우리의 태도

전에 다녔던 요가원에는 선생님이 네 분 있었다. 오전과 오후, 요일별로 선생님이 달랐다. 모든 선생님이 날씬하고 탄탄한 몸매를 지녔지만, 그 중에도 월등한 모델 같은 분이 있었다. 키 176cm, 태닝 한 구릿빛 피부, 탄탄한 허벅지와 애플힙, 허스키한 목소리까지……. 부러우면 지는 거라는데 나는 일찌감치 완패한 기분이었다.

웨이트와 요가를 두 시간 동안 열심히 하다가도, 브라탑 요가복을 입은 늘씬한 그 선생님을 보면 힘이 쭉 빠졌다.

'역시 타고난 건 이길 수 없어.' 애초에 신체조건이 다른 사람과 무작정 나를 비교하며 절망에 빠지곤 했다.

누군가 내게 특기를 묻는다면, '비교하기'라고 자신 있게 대답할 수 있다. 그 정도로 남과 나를 항상 비교했다. 나보다 부족한 사람을 보면 우쭐댔고, 더 잘하거나 나은 사람을 보면 기분 나빠하거나 의기소침했다. 물론 겉으로는 아닌 척 위장했지만.

심지어 명상하면서도 비교를 했다. '어서 빨리 다리를 바꿔!' '근데, 아무도 움직이지 않네. 다들 괜찮은 거야?' '지금 여기서 나만 움직이면 창피한데.' '좀 더 기다려볼까?' '그러다 나갈 때 발이 저려서 일어나 걷지도 못하면 무슨 창피야.' 머릿속으로 온갖 시나리오를 그리다 보면 발이 저리다 못해 감각이 사라지곤 했다. 그런데도 다른 사람들이 움직이지 않으면 미련하게 통증을 참아가며 그대로 있었다.

나보다 더 오래 명상한 사람이 오거나 선생님이 던진 질문에 누군가가 바로 대답하면 묘한 질투심을 느꼈다. 그래서 발언 기회가 있으면 빠지지 않고 늘 질문을 하거나 경험담을 얘기했다. 혼자만의 수행인 명상을 하면서조차 의미 없는 경쟁의식에 시달렸다.

저마다 경험을 이야기할 때였다.

"환자가 상담할 때 육체적 고통과 함께 정신적 고통을 얘기하는 경우가 아주 많습니다. 얘기를 듣다 보면 저도 과거의 감정과 생각들이 떠올라 괴롭지요. 환자들 중에서는 자기 고통을 의사 탓으로 돌리는 사람들도 많아요.

제가 명상에 관심을 가진 이유는 삶이 아주 고통스러웠기 때문이에요. 예전에는 고통을 토로하는 환자들에게, '그러면 다시는 오지 마세요!' 하고 막 소리도 쳤거든요. 그런데 이제는 길에서 지나가는 사람들 한 명 한 명에게도 자연스럽게 자애를 보내게 되었습니다. 또한 병원에 오는 환자분들이 아무리 고통스러운 얼굴을 하고 있어도 저는 마음속에서 그분이 편안하게 미소 짓는 모습을 봅니다."

8년 넘게 이곳저곳을 찾아다니며 수행했다는 통증클리닉 원장님이 들려주는 경험담을 들으니 자애 명상을 해도 별 느낌이 없는 나 자신과 비교되고 부러웠다. '나는 언제 저렇게 사랑이 넘치는 사람이 될 수 있을까? 언제쯤 저런 경지에 오를 수 있을까?' 명상을 시작한 뒤로는 외적인 성공이나 외모뿐 아니라, 내면의 성숙에 대한 비교와 질투도 생겨났다.

네덜란드 심리학자 디데리크 슈타펠 Diederik A. Stapel 이 한 실험에 따르면, 인간은 본능적으로 자신과 남을 비교한다고 한다. 실험자는 대학생들을 두 그룹으로 나누어 0.11초라는 찰나에 서로 다른 인물 사진을 보여주었다. 무의식중에 아인슈타인의 사진을 본 학생들은 광대의 사진을 본 학생들보다 자신을 덜 똑똑하다고 느꼈고, 매력적인 연예인을 본 학생들은 일반인을 본 학생들보다 자신을 덜 매력적인 것으로 평가했다. 이 실험에서 알 수 있듯이, 우리 뇌는 누가 시키지 않아도 아무런 이유 없이 늘 자기 자신과 타인을 비교한다.

비교 자체는 별 문제가 없다. 그 때문에 열등감이 생기고 자존감이 낮아진다는 게 문제다. 열등감이 더 노력하게 만드는 촉매제가 된다면 더없이 좋겠지만, 그렇지 못할 경우 자신을 갉아먹기만 한다. 세계 3대 심리학자 중 하나인 알프레드 아들러 Alfred Adler 가 말했듯 '열등감을 대하는 우리의 태도'가 중요한데, 우리는 그것을 다루는 태도를 제대로 배운 적이 없다.

명상에는 비법이 없다. 남이 가르쳐준다고 알 수 있는 것이 아니며, 정답이 있는 것도 아니다. 오로지 스스로 깨달아 가는 길뿐이다. 눈을 밖으로 돌릴 수도 없다. 내 안으로 들어와야 알아차릴 수 있고 깨닫기 시작한다.

명상을 하며 내 안으로 들어오는 연습을 한다. 안으로 안으로, 자꾸 밖으로만 돌리던 시선을 오롯이 내 안으로 꽂는다. 다른 사람이 더 낫다고 속삭이는 목소리가 들릴 때마다 내 안을 들여다본다. 서툴지만, 있는 그대로의 나를 받아들이면서…….

각자의 사정이 있다

1년 전에 이사 온 집은 교통편이 아주 불편하다. 집 가까이에 오는 버스라고는 배차시간이 20~30분 걸리는 마을버스 한 대가 전부다. 그렇기에 비슷한 시간에 타면 낯익은 기사를 만난다. 버스에 타고 내릴 때마다 늘 인사를 건네는데, 대부분 기분 좋게 인사를 받아주신다.

오전 운동을 마치고 버스에 타면 격주로 같은 기사를 만났다. 그런데 그 중 한 분이 절대로 인사를 하지 않았다. 처음에는 내 목소리가 작아서 못 들었나 싶었는데 아니었다.

다른 사람들 인사에도 전혀 대꾸하지 않았다. 사소한 것인데도 기분이 상했다. 승객이 먼저 인사를 건넸는데도 대답하지 않는 운전기사는 난생처음이었다.

'도대체 왜 인사를 안 하지?' 나중에는 호기심이 생겼다. 그러던 어느 날, 그 기사가 운전하는 마을버스를 타고 갈 때였다. 그분이 통화하는 소리를 들었는데 심하게 말을 더듬었다.

"노노… 녹음기 가가… 같은 건 어이… 없나요?"

그 기사가 인사를 하지 않는 이유는 말을 더듬기 때문일지도 모른다. 아니, 이것 역시 내 멋대로 한 해석일 뿐이다. 아무튼 몇 달 동안 마음대로 오해했던 게 바로 미안해졌다. 나는 모르지만 어떤 이유가 있어서 그분은 인사하지 않는 것일 거다.

우리는 모든 현상과 상황들을 마음대로 해석한다. 진실과는 상관없이 자기 생각에 따라 혼자 오해하며 이야기를 만들어간다. 거기에 너무 익숙해져, 그 이야기가 사실인지 아닌지 알아보려고도 하지 않는다. 우리에게는 사실보다도 마음대로 생각하고 믿으며 자기 에고를 만족시키는 일이 더 중요할지도 모른다.

태국 최고의 선승이라 불리는 아잔 차^{Ajahn Chah} 스님의 일화를 들은 적이 있다. 휠체어를 타고 가면서도 즐거워하는 아잔 차 스님을 보고 한 청년이 "고통스럽지 않으신가요?" 하고 물었다. 그러자 뒤에서 휠체어를 밀어주던 또 다른 스님이 "아픈지 안 아픈지를 왜 네가 정하는가?" 하고 반문했고, 청년은 곧장 깨달음을 얻기 위해 출가했다고 한다. 우리 역시 이 청년과 다르지 않다.

자꾸만 잊혀가는 일본어 실력을 되살려보고자 일본 유튜브 영상을 몇 개 본 적이 있다. 그 중 하나가 〈세련된 홈리스(The Homeliest Homeless)〉였다. 영상에서 도쿄 요요기공원에 비닐하우스 같은 텐트를 치고 생활하는 카와바타 할아버지를 보았다. 할아버지는 아침 일찍 일어나 집 앞을 청소하고, 양주나 와인을 즐겼다. 꽤나 수준 높은 그림을 그리고, 직접 요리를 해서 식사했다. 말끔한 정장에 빨간 머플러, 중절모를 쓰고 플리마켓에서 옷가지를 팔아 생활비를 벌었다. 외국인 관광객을 보면 어설픈 영어단어로 말을 걸기도 했다. 화면 속 카와바타 할아버지는 적어도 나보다는 자유롭고 창조적으로 보였다. 타인에게 피해를 주지 않고 친절했으며, 누구의 눈치를 보지도 않고, 그저 행복해 보였다. 할아버지는 자기 인생에 대해 충분히 고민한 뒤에 결정한 생활방식대로 살고 있었다.

"사회는 몇몇 규정으로 제대로 된 인간을 마음대로 결정하지요. 그 규정을 조금이라도 따르지 않으면 인간으로서 존엄성마저 무시당해요. 나는 그저 자유롭고 싶었을 뿐이에요. 어떤 단체에도 소속되고 싶지 않았죠. 지금 사는 방식이 싫지 않아요. 이렇게 산다면 매일 창조적이어야 해요."

카와바타 할아버지와 나 중에서, 누가 더 인생을 충실히 원하는 대로 살아가고 있을까? 홈리스 생활이 훌륭하다 말할 수는 없지만, 나쁘다고 함부로 말할 수도 없다는 걸 깨달았다.

명상을 할수록 타인의 삶에 대해 정의 내리지 않게 된다. 상식에서 벗어났다 하더라도 내가 재단할 권리는 없다. '남의 일이니까' 하고 무관심하게 넘긴다기보다는 '그런 삶도 있구나' 하고 받아들이는 범위가 넓어져간다.

타인의 감정에 대해서도 마찬가지다. 함부로 불쌍하거나

불행한 사람, 또는 행복하거나 걱정 없는 사람으로 만들지 않는다. 상대방이 스스로 자기 감정이나 생각을 토로하지 않는 한, 앞질러 상상하고 판단하지 않으려 한다. 그러니까 인간관계로 인한 감정 시달림이 줄어들었고, 누구와 관계를 맺든지 담백한 감정으로 대할 수 있게 되었다.

마음에 품을 수 있는 삶과 인간 형태가 다양해지자 스스로 들이대던 삶의 엄격한 잣대들이 사라지는 건 물론이다.

나만 빼고 다
잘 사는 것 같나요?

볼일이 있어 일찍 집에서 나왔는데 생각보다 일이 빨리 끝났다. 명상시간까지 한 시간이나 남았다. 삼청동 골목을 어슬렁거렸다. 주택을 개조한 옷가게가 20대 후반에 살았던 도쿄의 시모키타자와를 연상시키며 묘하게 향수를 불러 일으켰다. '이런 데서 살려면 도대체 얼마가 있어야 하지?' 혼자서 액수를 따져보는데 한 커플이 지나갔다.

"아, 나만 빼고 다 잘 사는 것 같아."

여자가 이렇게 말하자 남자는 웃었다. 나도 여자와 똑같은

생각이었다. '그러게…… 나만 빼고 다들 잘 사는 것 같다.'

한동안 인스타그램과 유튜브에 빠졌던 적이 있다. 외국에서는 인스타그래머가 잡지 표지모델이 되고 세계적인 브랜드의 홍보대사가 되며 패션쇼에도 선다는 사실을 이미 몇 년 전부터 알고 있었다. 채널 1위 유튜버는 연 수익 100억이 넘고 텔레비전 쇼에 패널로 출연하며 연예인처럼 열광적인 팬을 모으고 다닌다. 소셜 미디어 마케팅에 관심 있다면 조금만 검색해봐도 금방 알 수 있는 사실이다.

나는 온라인 마케팅 분야에서 꽤 좋은 성과를 냈기에 자신감이 있었다. 1인 사업가로서 쉽게 도전할 만한 종목이기도 했지만, 내가 소셜 미디어에 뛰어든 진짜 속마음은 유명인이 되고 싶다는 것도 있었다. 군중 속에 익명으로 파묻힌 안정감을 원하면서도 마음 한구석에선 간단한 사진 한 장으로도 영향력을 행사할 수 있는 인물이 되고 싶었다.

인스타그램 스타였던 호주 모델 에세나 오닐Essena O'neil은 열여덟 살이었던 2015년에 소셜 미디어 세계를 폭로했다. 58만 명 이상의 팔로워를 갖고 있던 그녀는 사진 2천여 장을 지우며, 사진이 현실과 어떻게 다른지 밝혔다.

해변에서 요가를 하며 명상하고 있는 듯이 보이는 사진은 전문 사진작가와 메이크업 아티스트, 조명으로 만들어낸, 명상과는 전혀 상관 없는 분위기에서 찍은 것이었다. 비키니를 입고 늘씬한 몸매를 자랑하는 사진은 100여 장 이상 찍은 뒤에 얻은 수확물이었다.

협찬 받은 제품을 들고 활짝 웃으며 찍은 사진에 대해서는 그 날 일어난 좋은 일은 그저 이 사진 한 장을 건진 것뿐이었다고 설명했다. 하지만 우리는 에세나의 사진을 보며 이 사람은 매 순간 이렇게 웃으며 행복하게 살 거라고 생각한다.

명상은 가상세계에 돌렸던 눈과 마음을 '지금 여기'로 데리고 온다. 호흡과 몸의 감각에 집중하면 내가 사는 곳은 휴대전화 속이 아닌, 땅에 발붙이고 있는 지금 여기라는 사실을 깨닫는다. 명상을 할 때는 내가 쉬는 숨과 콧구멍을 통해 들어가고 나가는 공기, 몸의 감각만이 있을 뿐이다. 깊은 명상에 들어가면 몸의 감각조차 없어진다. 알아차리는 의식만이 남는다. 더 깊이 깨달은 사람들은 그 의식마저 사라진다고 한다.

별 뜻 없이 시작했던 소셜 미디어가 나를 괴롭히기 시작한다. 아침에 눈을 뜨자마자 다른 사람들의 생활을 보거나 내 모습을 보여주기에 바쁘다. 멋진 장소에 가고, 맛있는 음식을 먹고, 예쁜 것을 볼 때마다 기억하기 위해 혹은 자랑하기 위해 사진을 찍어대느라 그것을 온전히 누리고 생생하게 즐기지 못한다. 순간의 추억을 남기기 위해 찍는 것이 아니라, 찍기 위해 억지로 추억을 만든다.

소통을 위해서라 변명해보지만 속으로는 모두들 알고 있다. 진짜 내 모습을 드러내진 않는다는 걸. 수백만 팔로워가 진짜 같지만 계정을 삭제해버리면 그만이다. 몇 초에 한 번 새로고침을 눌러가며 확인해보던 '좋아요'도 결국 허상일 뿐이다. 가짜에 빠져 진짜를 놓친다. 모래 위에 쌓은 성과 다를 바 없다. 내가 소셜 미디어 사업을 정리하고 느꼈던 감정이다.

요즘은 SNS를 떠나서는 살기 힘들어 보인다. 사업을 하려면 반드시 해야만 하고, 가족이나 친구들과 소통하는 창

구이며, 정보를 얻는 주된 통로로 사용되기 때문이다. 하지만 막상 앱을 지워도 사는 데는 별 지장이 없다. 사업 정리와 함께 앱을 다 삭제하고서 깨달은 사실이다. 알고자 하는 정보는 인터넷에서 찾으면 된다. 친구들이나 가족과의 소통은 카카오톡이나 문자로 충분하다.

SNS를 지우고 나니, 예상보다 훨씬 많은 여유 시간이 생겼다. 남과 비교하면서 씁쓸하게 맛보던 부러움, 질투, 우울 대신에 편안하고 안정된 마음을 갖게 됐다. 무엇을 할 때 온전히 집중할 수 있게 됐고, 심심할 때면 독서나 운동처럼 생산적인 일을 할 수 있게 됐다.

얼마 전 라디오 방송에서 많은 사람들이 '카페인(카카오톡, 페이스북, 인스타그램) 증후군'을 토로한다고 들었다. 왜 스스로를 괴롭히는가? 당장 앱을 지우기가 힘들다면 주말만이라도 쉬길 권한다. 하루 종일 끄고 지내기 힘들다면 휴대전화를 집에 둔 채로 잠시 동네 산책을 가거나 카페에서 시간을 보내보는 방법도 좋다. 장담하건데 SNS에 열중했을 때보다 더 평화롭고 충만한 시간을 보내게 될 것이다.

소피아 최 할머니의 열정

한 강연에서 만난 할머니가 있다. 준비된 프로그램이 끝나고 강연을 들은 소감을 말하는 때였다. 진행자가 마지막으로 가장 연장자의 소감을 듣겠다며 그분을 무대 앞으로 불러들였다. 나보다 더 밝게 염색한 머리에 선글라스를 걸치고, 연한 갈색의 고급 재킷을 입은 고운 여성 한 분이 앞으로 나왔다.

"저는 일흔한 살의 소피아 최라고 합니다."

'헉, 저분 나이가 몇 살이라고?' 참석자들 대부분이

30~40대, 많아야 50대였다. 세련되고 교양 있는 목소리, 중간 중간 영어를 섞어 쓰시는 것으로 보아 범상치 않은 할머니였다. 젊은 사람들이 모이는 곳에 서슴없이 참석했다는 사실 자체가 신선한 충격이었다.

뒤풀이 자리에서 이분과 좀 더 대화를 나눴다. 60년대에 대학을 졸업해, 80년대 초반 해외여행을 시작했으며, 35년간 미국을 오가며 사셨다는 할머니는 미국에 가면 하버드나 예일대 같은 명문대에서 책을 보며 노는 것이 낙이라고 했다.

"열정이 뭔지 알아요? 열정은 결핍에서 나오는 거예요. 나에게 없는 게 뭐겠어요? 젊음. 내겐 젊음이 부족하기에 저는 늘 젊은이들 노는 데서 놀아요."

내가 늙었을 때 과연 할머니처럼 순수하게 열정을 따라갈 수 있을까?

열정. 20대와 함께 졸업한 단어라 생각했는데, 마흔 줄인 지금도 여전히 열정에 대해 고민한다. 오랜만에 카카오톡으로 대화를 했던 친구도 나처럼 열정에 대해 고민하고 있었다. 계속 회사에 다니긴 싫은데 나이 때문에 이직도 어렵다고 했다. 사업을 하려고 해도 무얼 좋아하는지 알 수가 없단다. 그런데 가장 큰 문제는 어느 것에도 큰 열정을 느낄 수 없다는 사실이라고 했다.

"글쎄, 뭘 열정적으로 좋아하는지 모르겠어."

열정의 사전적 의미는 이렇다. '감정 중 하나로, 어떤 일에 대해 열렬한 마음을 가지는 것.' 하지만 열정이란 말이 품는 이미지는 그 이상이다. 이 말은 아주 대담하고 흥분되는 것을 떠올리게 한다. 어떠한 사명감을 부여받은 듯한, 찾기만 한다면 인생이 짜릿하고 환상적일 것 같은 느낌을 준다. 이 지루하고 마지못해 사는 일상에서 벗어나게 해주고 매일매일 살아있는 생생함과 지칠 줄 모르는 에너지를 줄 것만 같다.

아마존 장기 베스트셀러이자 우리나라에서도 화제작이었던 《신경 끄기의 기술》을 쓴 마크 맨슨^{Mark Manson}의 블로그에 보면 열정에 대해 이렇게 말하고 있다.

많은 이들이 공통적으로 느끼는 불만은 '열정을 찾아야 한다'는 것이다. 말도 안 되는 소리다. 당신은 그저 무시하고 있을 뿐이다. 진지하게, 당신이 깨어 있는 16시간 동안 대체 뭘

하며 보내는가? 분명히 뭔가를 하고 있다. 뭔가에 대해 얘기하고 있을 것이다. 일부러 찾지 않아도 여가 시간 대부분을 할애하는 주제나 활동, 아이디어가 있을 것이다.

바로 당신 앞에 있지만, 당신은 그것을 그저 무시한다. 어떤 이유에서든 당신은 피하고 있다. "오 그래, 나는 만화책을 좋아하지만 그것이 열정이 될 순 없어. 만화로 돈을 벌 수는 없으니까." 스스로에게 이렇게 말하면서. 문제는 열정이 없는 게 아니라 생산성이며, 인식이고, 수용이다.

늘 열정에 대해 고민했다. 대체 나란 인간은 무엇에 열정이 있는지 도통 알 수 없었다. 그럴 듯한 아이디어가 떠오르면 가슴이 두근거리고 들뜬다. 생각만으로도 벅차오르고 전율을 느낀다. 하지만 들뜬 의욕은 진정한 열정이 아님을 명상을 하며 깨닫는다. 들뜸은 언젠간 가라앉기 마련이다. 빨리 달아오를수록 금세 식어버린다. 그동안 내가 열정적으로 할 수 있다고 생각한 것들 대부분이 그랬다.

명상을 통해 집착하는 마음을 놓는다. 집착에는 당연히 꿈도 포함된다. 우리나라 사람들은 유독 꿈에 집착하는 것 같다. 꿈이 없으면 모자라고 나태한 사람처럼 여긴다. 그래서 어떤 꿈이라도 지니고 있지 않으면 왠지 불안해진다.

우리는 잘 알지도 못한 채 겉으로 보이는 이미지만 갖고 꿈을 키워나갈 때가 많다. 나 역시 그랬고, 실제로 꿈에 가까워질수록 생각과 달라 실망한 적도 많았다. 경험해보지 않은 것에 어떻게 열정을 품을 수 있을까? 아무런 보상도 없는데 하루에 가장 많은 시간을 할애하는 것이 열정이 아니라면, 도대체 뭐가 열정인가? 매일 하기에 특별하게 느껴지지 않을 뿐이다. 이 대수로울 것 없는 것이 나의 열정이라니! 집 안에 있는 파랑새를 보지 못하고, 파랑새를 찾아 추억의 나라, 밤의 궁전, 미래의 왕국을 헤매는 희곡 〈파랑새〉의 주인공인 틸틸과 미틸 남매 같다.

이제는 무엇인가가 되고자 하는 마음을 놓는다. 그럼으로써 나를 모든 기회에 열어놓는다. 불타오르는 열정을 찾지도 않는다. 타오르지 않으면 꺼질 것도 없다. 오직 내면이 이끄는 일을 할 뿐이다. 시간이 길을 만들어줄 것이고, 나는 어느새 그 길에 들어서 있을 것이다.

느리지만 자연스럽게.

누군가에게 배신감이 들 때

온라인 마케팅 강좌 첫날, 엘리베이터 안에서 누군가가 말을 건넸다. 몸집이 자그마한 여성분이었다.

"아이템은 정하셨어요?"

"아뇨, 아직 못 정했어요."

그렇게 시작된 대화는 한 시간을 훌쩍 넘겼다. 나처럼 그분도 아이템이 없었다. 나이도 비슷해 보였고, 미혼에 부모님과 함께 사는 점도 같았다. 처한 상황이 비슷했기에 오랫동안 대화를 나누었고, 헤어지기 전 그분은 내게 명함을 건

넸다.

나와는 달리, 온라인 쪽이 처음이었던 그 여성에게서 건네받은 명함이 조금 황당했다. 검정색 바탕에 흰 글씨로 한글과 영문 이름, 대충 만든 듯한 이메일 주소, 카카오톡 1:1 대화 주소의 QR코드가 찍혀 있을 뿐이었다. 비즈니스 명함일 텐데 휴대전화 번호도 적혀 있지 않았다. 꽤나 폐쇄적인 사람이라는 인상을 받았다.

처음 하는 만큼 그분도 나만큼이나 버벅댔고 고전했다. 나야 지난번에도 성과를 올리기까지 넉 달이나 걸렸고, 원래 속도가 남들보다 더뎠기에 어느 정도 마음에 여유가 있었다. 거기다 명상의 부작용이랄까? 전혀 진전이 없었는데도 조바심이 느껴지지 않았다. 혹시 일이 뜻대로 풀리지 않더라도 인생수업이라 여기며 받아들일 각오가 되어 있었다.

그 여성은 마음이 달랐다. 처음 도전하는 온라인 사업 강의에 거액의 수강료를 지불했으니, 당연히 불안하고 성급해질 수밖에 없다. 그러다 보니 강의에 대해 불만을 토로하기 시작했다. 강의가 잘 진행되고 있는지, 강사에게 질문을 하면 답변은 바로 받는지, 강사와 직원들과 연락은 잘 되는지 내게 하루에도 몇 번씩 물어보았다.

"이런 대접을 받으려고 수백만 원이나 투자한 게 아니거든요!" 자신이 못 따라 가는 건 안타깝지만, 똑같은 강의를 듣고도 누군가는 잘하고 누군가는 못한다면 전적으로 개인 역량 차이가 아닐까?

한동안 연락이 없던 그 여성이 갑자기 카톡을 보내왔다. 역시 강의에 대한 불만이다. 불평을 계속 듣는 일이 유쾌할 리 없다. 그래도 기분을 헤아려보려 애썼다. 오죽 답답하면 그럴까. 그동안 해온 자애 명상이 헛수고는 아니었나 보다.

그런데, 이런 반전이 있나! 그 여성은 소셜 미디어 마케팅을 가장 잘하는 그룹에 속해 있었다. 4주 뒤에 다시 만난 그 여성의 태도는 180도 달라져 있었다. 시종일관 손에서 휴대전화를 놓지 않은 채 내 말은 귀 기울여 듣지도 않고 자기 말만 했다. 나는 그동안 무엇을 위해 조언을 해주고 위로를 해주었던가? 알고 보니, 그 여성은 강사와 직원들 도움을 가장 많이 받은 사람이었다. 스스로 한 일은 거의 없을 정도였다. 그럼에도 불구하고 모두 자기가 노력한 것처럼 포장하는 모습이 우스우면서 묘하게 배신감을 느끼게 했다.

배신감. 나는 그 여성에게 나름 동지애를 갖고 있었다. 앞서 가는 화려하고 웅장한 크루즈 뒤에서 언제 난파될지도 모르는 고무보트를 함께 타고 있는 듯한 동지애. 그런데 그 여성 역시 화려한 크루즈를 타고 있었다니! 짜증이 났다. 오랜만에 부글부글 끓어오르는 분노를 느꼈다. 머릿속에서 그 여성과 있었던 일들이 계속해서 생각났다.

눈을 감고 호흡에 집중했다. 들숨과 날숨이 반복되는 것을 바라봤다. 머릿속에 오가는 말들이 보이기 시작했다. 가슴 한쪽에서 뜨거운 덩어리가 올라오는 것도 느껴졌다. 인헤일(inhale) 엑스헤일(exhale) 인헤일(inhale) 엑스헤일(exhale). 조금씩 마음속 태풍이 작아졌다.

마음속에 떠오르는 말들이 보이고, 분노가 올라옴을 알아차리면 속수무책으로 거기에 빨려 들어가는 일이 줄어든다. '그만!' 하고 제동을 걸 수도 있다. 마음을 알아챘다고 불쾌한 감정이 유쾌해지진 않지만, 증오에 사로잡히는 일은 피할 수 있다. 그리고 차분하게 마음을 알아차릴수록 객관적으로 현실을 투명하게 바라볼 수 있다.

동지애는 내 멋대로 가진 것이다. 그 여성이 부탁하지도 않았는데, 나 혼자 착각하며 유대감을 지어냈다. 그 사람 입장에서 본다면 자신에게 이토록 분노하는 내가 어이없을 것이다.

내가 느끼는 배신감은 어디에서 왔을까? 스스로에게 솔직해진다면 대답은 간단히 나온다. 현재가 불안한 사람이 나 말고 또 있다는 사실 자체만으로도 나는 위로받았던 것이다. 혼자가 아니라고, 괜찮다고 자신을 다독였던 것이다. 그런데 결국 혼자임이 드러나자 미래에 대한 불안감과 두려움이 밀려왔다. 내가 배신감이라고 느낀 감정의 실체는 불안과 두려움이었다. 만약 내가 나를 확고하게 믿었다면 어떤 상황에서도 흔들리지 않았을 것이다.

감정의 근원을 알게 되니 홀가분한 기분이 들었다. 내가 해야 할 일이 명확해졌기 때문이다. 내 안의 불안과 두려움을 안고 열심히 나아가기로, 다시금 마음먹었다.

시간이 없다고
말하는 사람들에게

명상원을 다니며 명상을 한다고 말하면 대부분의 사람들은 좀 당황한 표정을 짓는다. '도대체 왜 그런 걸 배우지?' 하는 듯한 얼굴이다. 그런데 최근에는 긍정적인 반응을 보이는 사람도 꽤 만났다.

명상에 관심 있는 사람들에게 가장 많이 듣는 말은 "하고 싶어도 어떻게 하는지 모르겠어요. 명상은 너무 어려워요." 또는 "바빠서 명상할 시간이 없어요."이다. 그런 말을 들으면 나는 고개를 갸웃한다. 명상이 어렵다고? 명상할 시간이 없다고? 명상만큼 쉽고 하루 종일 할 수 있는 건 없는데 말이다.

티베트의 영적 지도자 촉니 린포체^{Tsoknyi Rinpoche}는 2011년 내한했을 때 명상 수행에 대해 이렇게 말했다.

"생각이나 감정이 오는 것은 문제가 없습니다. 따라가지만 않으면 됩니다. 생각과 감정은 내 마음으로 들어올 권리가 있습니다. 내 마음은 또한 생각과 감정을 따라가지 않을 권리가 있습니다. 생각과 감정을 오게 두고, 또 가게 놔두세요. 따라다니지만 마세요. 이게 사마타(집중명상) 수행의 전부입니다."

마음챙김 명상은 내 생각과 마음을 바라보고 알아차리는 것이다. 처음에는 쉽지 않지만, 의식을 집중하면 그리 어렵지도 않다. 답이 정해져 있지 않고, 어떤 조치나 방법을 꼭 따르지 않아도 된다. 그저 깨어 있으면 된다. 언제든지 가능한 일이다. 가부좌를 할 필요도, 의자에 앉을 필요도 없다. 매 순간이 마음을 알아차릴 기회다. 하루 24시간 중 잠잘 때 빼곤 언제 어디서도 마음챙김 명상을 할 수 있다. 그리고 그렇게 할 때 비로소 우리는 현재에 온전히 충실한 삶을 살게 된다.

　명상실에 다닌 지 10주째에 있었던 일이다. 자리에 누워 알아차림 명상을 하고 있었다. 그런데 먹은 게 소화가 안 됐는지 뱃속에서 계속 꾸르륵꾸르륵 소리가 났다. 주위의 눈치가 보였다. 다른 사람들은 미동조차 않는데 혼자서 창피함에 얼굴이 붉어졌다. '왜 계속 소리가 나는 거야!' '앗, 명상 중이었지.' 알아차림과 동시에 의식을 다시 호흡으로 가져왔다.

　얼마 되지 않아 이번에는 코 고는 소리가 왼쪽에서 들려왔다. 소리는 점점 커졌고, 그칠 기미가 안 보였다. 집중에 방해가 되는지 옆 여자분의 한숨 소리가 들려왔다. 그리고 몸을 뒤척이는 기척이 계속 느껴졌다. '이 여자분은 왜 자꾸 한숨을 쉬는 거야. 저 아저씨는 언제쯤 코골이를 그칠 거지? 시끄러워서 집중이 전혀 안 되잖아!'

　"어떤 상황도 모두 알아차림의 기회가 됩니다."

　작지만 또렷한 선생님의 말씀을 듣고서야 또다시 샛길로 빠진 의식을 호흡으로 가져왔다. 사소한 불편에도 얼마나 쉽게 마음이 일어나는지 알 수 있는 좋은 기회였다.

　요가 강사인 케이트는 설거지를 할 때 온전히 집중한다고 했다. 그런데 나는 설거지를 하면서 곧잘 다른 생각에 빠진다. '하필 돈도 없는데, 휴대전화는 또 왜 고장 난 거야. 노트북도 너무 느려져서 일하기 힘들어. 요가원도 돈을 내야하지. 이번 달 카드요금 장난 아니겠군.' 끝이 없다. 몸은 설거지로 바쁘고 마음은 딴 생각으로 바쁘다. 명상하기 아주좋은 기회이다.

　타야 할 마을버스가 바로 눈앞에서 지나간다. '아, 또20분 넘게 기다려야 하잖아!' 짜증이 난다. 아니다, 명상할수 있는 20분이 생긴 거다. 우리 집에서 어떤 모임이든 가려면 버스로 기본 한 시간 이상 걸린다. 빈자리가 없으면 한숨이 절로 나온다. 앞에 앉은 사람을 향해 계속 주문을 건다. '내려요. 내려요. 빨리 좀 내려요.' 하다가도 '아, 내가 앞사람이 빨리 내리길 바라며 계속 자리에 집착하고 있구나.' 하고 알아차린다. 명상하기 아주 좋은 기회이다.

　명상은 엘리베이터 안에 서서도, 길을 걸으면서도 할 수있다. 밥을 먹으면서도 할 수 있다. 다른 사람과 함께 있을

때든, 혼자 있을 때든 언제든 가능하다. 게으른 사람에게 명상만큼 안성맞춤인 자기계발이 또 있을까?

"집에서도 쉬지 말고 요가를 계속하세요. 꼭 대단한 동작을 하실 필요도 없어요. 팔을 들어올리고 내리는 것도 요가예요. 태양 경배 자세가 손을 들어올리는 자세잖아요. 생활의 모든 동작 속에서 수련하기 위해 만든 게 요가에요."

긴 연휴를 앞두고 요가 선생님이 말했다. 일상 생활이 모두 요가라고, 마음을 다른 데 두지 말고 호흡에 맞춰 움직이면 그것이 요가라고. 명상도 똑같다. 무엇을 하든 마음이 함께 있으면 그것이 명상이다.

매 순간이 알아차림의 기회이다. 명상을 위한 시간을 따로 낼 필요가 없다.

아무것도 하지 않을 자유

50분 동안 힘겹게 요가를 하고 나면 3분 정도 매트 위에 대자로 누워 사바사나Savasana라는 휴식을 취한다. 사바Sava는 '시체'라는 뜻이다. 즉, 시체처럼 몸과 마음에 완전히 힘을 빼고 쉬는 것이다. 가끔 요가 선생님은 이때까지 쉴 새 없이 몸을 움직인 이유는 바로 이 사바사나를 위해서라고 말하곤 했다. 그만큼 휴식은 우리 몸과 마음에 중요하다.

그런데 사바사나는 '휴식'보다는 '아무것도 하지 않는 것'에 가깝다. 사바사나를 하는 동안에는 머리도 비워야 한다.

비워질 리 없겠지만 말이다. 동네 요가원에서는 사바사나를 3분에서 5분 정도 하지만, 요가 선생님인 케이트가 말하길 10분 정도는 해줘야 한단다.

3분도 못 참고 요가실에서 나가는 사람들이 꽤 있다. 바쁘기 때문이겠지만, 50분 동안 열심히 움직여준 몸에 그 정도의 쉼도 허락하지 못하는 모습을 보면 안타깝다.

온전한 휴식을 갖지 못하는 사람들이 많다. 나도 그렇다. 집에서 일하다 보니 딱히 휴식시간이 없다. 일하지 않는 동안에도 책이나 인터넷을 뒤지며 자료를 검색하거나, 머릿속으로 열심히 아이디어를 찾는다. 여유가 생기면 하릴없이 휴대전화를 손에 쥔 채로 먹방을 보거나 커뮤니티 사이트를 돌아다니며 화제의 글들을 읽는다. 몸은 쉬지만 머리는 여전히 풀가동이다. 왜 이렇게 쉬지 못할까?

우리는 아무 일도 하지 않는 법을 알고 있다. 누워서 멍 때리거나 아무것도 하지 않은 채로 시간을 보낼 줄 안다. 그러나 실제로 그렇게 하는 사람은 드물다. 늘 일에 치이거나 텔레비전, 인터넷, SNS 같은 데 마음이 가 있기 때문에 한 시간도 아무 일 하지 않고 보내기가 힘들다. 쉬는 시간에도 제대로 쉬지 못하니 이런 아이러니가 또 있을까?

엘리자베스 길버트가 쓴《먹고 기도하고 사랑하라》에 이런 글귀가 나온다.

벨 파 니엔테(bel far niente)라는 달달한 표현은 '빈둥거림의 미덕'이라는 뜻이다. (중략) 그들에게 빈둥거림의 미덕은 모든 노동의 목표이자 가장 축하해야 할 최종 업적이다. 더 신나게, 더 격렬하게 빈둥거릴수록 인생에서 더 큰 성취를 이루게 되는 것이다. 이 목표를 달성하기 위해 돈이 많아야 할 필요는 없다.

점심 먹고 난 뒤에 꿀 같은 낮잠, 카페에서 친구와 함께 마시는 에스프레소, 석양을 바라보며 마시는 와인, 한여름 밤 담벼락 아래에 의자를 내놓고 친구 혹은 가족과 나누는 담소. 이탈리아인들 생활 곳곳에 이 '빈둥거림의 미덕'이 녹아 있다. 흔히 생각하는 게으름이나 나태함이 아니라 휴식에서 오는 순수한 즐거움을 말한다. 지금 이 순간을 완벽하게 즐기고 음미할 줄 아는 능력이다.

이탈리아 사람들이 늘 빈둥거리기만 하지는 않는다. 내가 본 이탈리아 사람들은 대부분 근면 성실했다. 단지 그들은 돈을 위해 삶의 여유를 포기하지 않을 뿐이다. 이탈리아에서 몇 년을 살았어도 내게는 그 능력이 여전히 부족하다.

우리는 무언가를 하는 상태에 너무 익숙하다. 성공하기 위해 끊임없이 몸을 움직인다. 바쁠수록 중요한 사람으로 여겨지기에 아무것도 하지 않으면 불안하다. 남들이 열심히 움직이고 있을 시간에 가만히 쉬고 있으면 죄 짓는 기분이 든다. 사회적으로 뒤처진 낙오자가 되는 느낌이다.

가장 근본적인 자유는 '아무것도 하지 않을 자유'다. 그러나 오늘을 사는 우리는 이런 자유를 누리는 일에 서투르다. 지친 심신을 달래고자 여행을 준비하면서도 '해야 할 목록'을 만든다. 반드시 들러야 할 장소나 해야 할 일들을 인터넷을 뒤져가며 열심히 찾는다.

명상은 아무것도 하지 않는 것이다. 몸뿐만 아니라 늘 어딘가로 달려가려고 하는 마음도 가만히 멈추는 일이다. 마음을 없애려는 의지도 갖지 않는다. 의지로 하는 것엔 늘 힘이 들어가기 마련이다. 어떤 것을 원하는 마음도 없어야 한다. 감정이나 생각을 있는 그대로 두고 열린 마음으로 그저 바라봐야 한다. 알아차리는 것 외엔 아무것도 할 게 없다.

명상을 하면 이 '아무것도 하지 않는 아름다움'을 맛볼 수 있다. 아무것도 하지 않고도 평온할 수 있다. 순간에 존재함으로써 어떠한 죄책감이나 불안도 갖지 않는다. 늘 이런 상태로 살아가고 싶다. 그래서 익숙해지려 노력한다. 아니, 노력한다는 말엔 애씀이 들어가 있다. 예전보단 많이 나아졌지만, 여전히 연습 부족이다. 이제는 '벨 파 니엔테'를 연습해야 한다. 어쩌면 다시 한번 이탈리아에 가야 할지도 모르겠다.

명상원에서의 바비큐 파티

"이번에는 바비큐 파티를 할까 합니다. 여러분 의견은 어떠신지요?"

매번 코스가 끝날 때쯤 선생님은 손수 준비한 저녁 식사를 대접했다. 처음 코스가 끝날 때는 연잎 밥과 간단한 반찬을 사람 수에 맞춰 개인 소반에 준비해줬다. 그런데 세 번째 코스의 마지막 달에 이르러, 바비큐 파티를 하자고 제안했다. 명상원에서 바비큐 파티라니. 전혀 어울리지 않는 조합이다.

바비큐 파티를 하기로 한 날, 아침부터 날씨가 좋지 않았고 심지어 오후부터 비도 오기 시작했다. '그래도 오늘 할까?' 하는 생각이 들었지만, 취소 연락도 안 오니 일단은 저녁을 먹지 않고 갔다.

원래 간헐적 단식을 하느라 저녁을 다섯 시 전에 먹는다. 처음 코스가 끝나고 연잎 밥을 주셨을 때 규칙이 깨지는 것에 대한 거부감이 들었다. 잘 알지 못하는 사람들과 함께 저녁 식사를 해야 해서 부담스럽기도 했다. 실제로 적막 같은 고요 속에서 여덟 명이 개인 소반 앞에 앉아 조용히 밥을 먹는 일이 편하지 않았다. 두 번째 코스는 건너뛰었다. 미리 말씀드리고 식사가 다 끝날 즈음 명상원에 도착했다. 그러나 그것 역시 내 집착이고 강박임을 깨달았다. 나름 신념을 갖고 규칙적인 생활을 하는 것도 좋지만, 때때로 변화를 기꺼이 받아들일 줄도 알아야 한다. 인생이란 결코 내 규칙에만 맞춰 살아지는 게 아니니까. 그래서 세 번째인 바비큐 파티는 참석하기로 결정했다.

채소로만 준비되었던 연잎 밥 식사와는 달리, 새우도 있고 소시지도 있었다. 선생님과 남편분은 모두 채식주의자이지만, 데크 위에 숯불 화로를 놓고 삼겹살도 구워주셨다.

1년이 다 되어가도록 서로 간단히 인사만 나누다가, 처음으로 개인적인 이야기를 나누었다. 케이트는 요가 강사이며 아이가 셋이 있는 엄마다. 또한 출산 시 명상으로 도움을 주는 조산사이기도 하다. 미국에서는 명상이 다양한 분야에까지 퍼져 있음을 알 수 있었다. 놀랍게도 전공은 클래식인데, 바이올리니스트로 교향악단에 들어가 전 세계 투어도 했단다. 그리고 불교신자이다.

30대 초반의 선아 씨는 회사를 그만두고 쉬면서 자신의 길을 찾고 있다고 했다. 일단 공무원 시험 준비를 하고 있단다.

은경 씨는 남편과 명상을 하러 오는데, 나랑 동갑이다. 무용을 배워 석사 과정까지 수료했지만 결혼과 함께 포기했다고 한다. 성격이 다른 남편과 함께 명상을 다니면서 대화가 유연해지고 가정 분위기도 더 좋아졌다고 했다. 부부가 비슷한 가치관을 갖고 뭔가를 함께한다는 건 참 부러운 일이다.

가끔 명상을 함께하시는 젊은 스님은 청태전이란 귀한 차를 준비해 오셨다.

"함께 식사를 하고 대화를 나누면서도 우리는 알아차릴 수 있습니다."

식사 시간 또한 알아차림의 연장이다. 그런데 나는 잘 알아차리며 밥을 먹었던가?

연잎 밥을 먹을 때는 비교적 쉬웠다. 대화하는 사람도 없었고, 주변은 조용했기에 맛에 집중하진 못했지만, 머릿속 생각이 그대로 의식에 들어왔다. 이번에는 달랐다. 야외였기에 눈에 들어오는 것들이 많았고, 대화가 이어졌으며 음식 종류도 많았다.

기억을 되짚어봤다. 나는 소시지를 보고 밀가루가 들어가진 않았는지 걱정을 했다. 그러면서 밀가루를 끊었다고 은경 씨에게 자랑스럽게 얘기했다. 도대체 왜 그랬을까? 케이트에게 청태전이란 차에 대해 통역을 해줄 때는 적당한 단어들이 떠오르지 않아 부끄러웠다. 아무도 개의치 않는데 혼자 주변을 의식했다.

은경 씨와 설거지를 한다고 했지만, 내심 거의 도맡아 일하는 은경 씨 덕에 안도했다. 사람들에게 다양한 나라에서 살았던 나의 경험을 얘기하면서 은근 부러워하는 반응이 나오기를 기대했다. 구운 옥수수를 먹고 싶었지만 치아교정 장치에 잔뜩 낄까 봐 염려되어 먹지 못했다. 케이트에게 왜 남편은 명상하지 않냐며 오지랖을 펴고 싶었지만 꾸욱 참았다.

한 시간 남짓한 식사 시간 동안 가진 마음의 이기심, 자부심, 걱정, 수치심을 돌아보니 혼자 얼굴이 화끈거렸다.

그러나 정작 중요한 건 식사를 하면서 이 모든 것들을 온전히 다 알아챘나 하는 점이다. 그런 생각과 감정을 인식하며 마음(의식)이 그 순간 그 자리에 함께 있었나 하는 것이다. 결론은 실패. 아, 어렵다.

내면의 상처는 한순간에
사라지지 않는다

오랜만에 고등학교 동창들과 만났다. 1년에 두 번 정도 연례행사처럼 만나는 모임에서 우린 여느 때처럼 깔깔거리며 수다를 떨었다. 잘 보일 필요도, 뭔가를 감출 필요도 없는 고교 친구들과의 만남은 늘 웃음으로 시작해서 웃음으로 끝났다.

"나 요새 아빠랑 말 안 하잖아."

갑작스레 말을 꺼낸 현경이에게 모두의 시선이 쏠렸다. 현경이도 나처럼 부모님과 함께 살고 있다. 현경이 아빠는 만화가다. 꽤 인기 작가여서 내가 초등학생 때 텔레비전에서 상영되기도 했다. 현경이는 아빠와 사이가 무척 좋았다. 그랬던 현경이가 아빠와 한 달이 넘게 대화를 안 한다니 무슨 일일까?

다툰 계기는 아주 사소했다. 한창 유행하는 드라마를 보지 않는다는 이유였던가? 기억이 가물가물할 만큼 별 일 아니었다. 이야기를 하던 현경이가 어느새 울기 시작했다. 드라마는 그저 감정을 폭발시키는 촉발제였을 뿐, 그동안 서로 터놓지 못한 채 감정이 계속 쌓여왔던 것이다. 우리 집뿐만 아니라 다른 집도 나이 많은 딸과 부모가 같이 살기란 쉽지 않은가 보다.

현경이에게 내 경험을 얘기해주었다. 집에 있기만 해도 숨이 턱턱 막히던 때와 명상원을 다닌 지 몇 달이 지난 지금의 변화에 대해…… 언제부터 변화가 시작됐는지 알 수 없었다. 명상을 되풀이하면서 '과연 효과가 있을까?' 의심하기도 했는데 나도 모르는 새에 내 안이 호수처럼 잔잔해졌다.

그런데 그 경험을 얘기하는 동안 과거에 격했던 감정이 다시 서서히 올라왔다. 내 바람과 반대되는 아빠의 모습, 부모님과 내가 나눴던 대화들, 언니와의 카카오톡. 얘기가 진행될수록 감정은 더 격앙되었다. '아, 그때처럼 다시 싫은 감정이 일어나네.' 감정이 올라올수록 부정적인 면을 더 얘기하고 싶어졌다. 갈등을 일으킨 상대방을 더 나쁘게 말하여 나를 변호하고, 내 감정에 동의를 구하고 싶어하는 내 속이 보였다. 이미 다 지나간 감정인 줄 알았는데, 내 마음 어딘가에 그저 숨어 있던 걸까? 감정이 점점 더 커지자, 이야기 방향을 현재 나아진 상황으로 얼른 돌렸다.

말에는 힘과 속도가 있다. 말이 얼마나 빠르게 내 안의 울분을 다시 끄집어내는지 발견할 때면 놀라곤 한다. 가끔 혼자 있는 동안 지난 일을 회상할 때에는 옛 감정이 강하게 올라오지 않았다. 그런데 입 밖으로 소리 내어 생각들을 말로 내뱉으니 바로 그 말의 힘이 나를 강하게 휘감았다. 그리고 오래 묵은 상처와 감정이 꺼지지 않은 불씨처럼 되살아났다.

내가 20대 중반이었을 때 IMF 외환위기가 들이닥쳤다. 그 여파로 우리 집 형편도 무척 힘들어졌다. 우리는 아파트를 부랴부랴 팔고 빌라 반지하방으로 이사를 갔다. 언니는 이미 시집 갔기에, 부모님과 오빠와 나, 이렇게 넷이서 힘든 시기를 온전히 겪어내야 했다. 행복과는 거리가 먼 나날들이었다. 끈끈한 가족애 같은 것도 없었다. 오빠와 나는 원래 서로에게 관심 두지 않았고, 엄마는 일해서 빚 갚느라 바빴다.

그 와중에 내가 염원하던 워킹 홀리데이 비자가 나왔다. 내가 집에 있는다고 해서 큰 도움이 되는 것도 아니고, 모처럼 소원을 이룰 기회가 찾아왔는데 가족 때문에 포기하고 싶지 않았다.

내 결정에 식구들은 분노했다. 오빠는 크게 실망했다며 나와 말을 섞지 않으려 했다. 아빠는 부모 자식의 연을 끊자고 했다. 당시에는 몰랐지만 그 당시 아빠가 한 말은 내 무의식에 깊은 상처로 남았다. 우리는 서로에게 깊은 상처를 주고받으며 헤어졌다.

다 지난 일이고 잊어버렸다고 생각했는데, 부모님과 충돌할 때마다 그 일이 떠올랐다. 생각보다 깊이 새겨진 상처였던 것이다. 분노와 울분이 온전히 사라지려면, 마음 속 상처를 완벽하게 치료해야 한다.

명상으로 내면의 상처가 한순간에 사라지지는 않는다. 그러기를 기대한다면 조금 실망할지도 모르겠다. 자애명상 지도자인 잭 콘필드^{Jack kornfield} 역시 '숙련된 명상 수행자라도 치료해야 할 오랜 상처가 있다'는 글을 발표하지 않았는가? 명상원 선생님도 뿌리 깊은 상처일수록 명상과 심리치료를 병행해야 치유될 수 있다고 말했다.

그러나 확실히 오랫동안 자주 명상을 하면, 내면의 상처가 주는 고통과 감정의 격랑이 조금씩 잦아든다. 그리고 감정에 매몰되지 않고 스스로 조절하는 법을 터득하게 된다.

오늘도 잠자리에 누워 자애 명상을 한다. 상처 입은 나 자신과 서로 상처를 주고받은 내 가족이 행복하고 편안하기를 빌며 따스한 자애의 마음을 보낸다.

계획을 세우는 순간
중압감이 생긴다

　존 레논은 〈뷰티풀 보이〉라는 곡에서 "인생이란 계획을 세우느라 분주한 사이에 슬그머니 우리에게 일어난 일들을 말하지."라고 노래했다.

　나는 계획 세우기를 좋아한다. 아니, 더 정확히 말하자면 계획을 세우면서 그 계획대로 이루어진 때를 상상하기를 좋아한다. 그래서 새해가 되면 두근두근한 가슴을 안고, 이루고자 하는 일들을 작은 수첩에 빽빽이 적어나간다.

그런데 지난해에 적었던 계획이나 다짐들 중에서 그대로 이뤄진 것이 있을까? 부끄럽게도 단 하나도 없다. 거창한 사업 계획도 이루지 못했고 복근 만들기, 새벽 4시 기상 같은 소소한 다짐도 지키지 못했다.

반면에 전혀 계획하거나 다짐하지 않은 것들은 쭉 지키고 있다. 작년 초 인터넷 기사를 보고 시작한 간헐적 단식, 정제된 밀가루 먹지 않기, 3년이 다 되어가는 주 5일 운동, 그리고 명상이다.

매해 첫 날이면, 아니 그 며칠 전부터 밝아오는 새해에는 어떤 계획을 세울까 고민하며 목록을 길게 늘어뜨렸다. 1월 7일쯤 되면 이미 잊힐 계획들을 말이다.

명상을 시작하고서 계획 세우기는 그만두기로 했다. "똑같은 방법을 되풀이하면서 다른 결과가 나오기를 기대하는 사람은 정신병자다"라는 아인슈타인의 말처럼 지키지도 못할 의미 없는 계획 세우기 따윈 하지 않기로 했다.

길에서 가끔 아이들을 보면 참으로 부럽다. 아이들은 무엇이든 즐겁게 한다. 놀이든 책 읽기든 아무런 계산 없이 몰입하여 즐긴다. 열심히 장난감을 갖고 놀다가도 호기심을 끄는 다른 것이 나타나면 지체 없이 주의를 돌린다.

그런 모습을 볼 때마다 생각한다. '저렇게 마음 다해 즐길 수 있다면 인생이 얼마나 행복할까?' 분명 나도 그런 시기를 거쳤을 텐데, 어른이 된 지금은 무엇을 즐기는 일이 왜 이리도 힘들까?

계획을 세우는 순간, 힘이 들어간다. 무엇을 바라는 마음은 사연스럽지만, 그것을 꼭 이루겠다며 계획을 세우는 순간 중압감이 생긴다. 마음이 가벼워지지 않는다. 바라던 일은 이루어야만 하는 과제가 되어버린다. 어깨는 딱딱하게 굳고, 미간에는 주름이 잡힌다. 도무지 즐길 수가 없다. 게다가 중요한 일을 할수록 예기치 못한 상황이 찾아올 때가 많다. 올해 꼭 이뤄야 하는 일들이 내년 계획으로 고스란히 넘어가는 건 어쩌면 당연한 결과일지 모른다.

그래서 올해는 아무런 새해 계획을 세우지 않았다. 명상하는 동안 나 자신을 좀 더 자유롭게 풀어주고 싶어졌기 때문이다. 매달 인바디를 측정하던 것도 포기했다. 목표치의 체지방률이나 몸무게 따위를 버리고 나니 운동이 즐거워졌다. 간헐적 단식을 하고 밀가루를 끊었지만, 어쩔 수 없는 상황에선 규율을 좀 느슨하게 풀어놓기도 한다. 그리고 다음 날이면 다시 원래하던 대로 돌아간다. 무거운 죄책감에 시달리는 일이 사라졌다.

계획이 없으면 아무것도 안 하고 놀기만 할까 봐 불안했다. 무엇보다도, 미래를 계획하지 않으면 이대로 백수로 늙을까 봐 두려웠다. 하지만 나는 지금 이렇게 글을 쓰고 있고, 또 다른 새로운 일에도 도전하려 한다.

계획을 세우지 않으면 언제든지 원하는 것을 할 수 있다. 삶이 내게 던져주는 새로운 기회를 망설임 없이 거머쥘 수 있다. 꼭 달성해야만 하는 목표가 아니었기에 중압감도 없다. 큰 기대도 없으니 즐기기 쉽다. 아이들이 아무 계산 없이 놀이에 몰두하듯이.

자유롭고 열린 마음으로 세상을 향해 '예스'라 외칠 수 있는 일이 늘어난다. 그리고 그것을 즐기는 재미 역시 쏠쏠하다.

사람이 살아서는 부드럽고 약하지만 죽으면 뻣뻣하게 굳고

강해진다. 풀과 나무도 살아있을 때는 부드럽고 여리지만 죽고 나서는 말라 뻣뻣해진다.

그러므로 굳센 것은 죽은 무리이고, 부드럽고 약한 것은 살아있는 무리이다. 이런 이치로 군대가 강하면 승리하지 못하고, 나무도 강한 것은 아름드리로 커서 꺾어지게 된다.

모든 것은 강대한 것이 아래쪽에 놓이고, 부드럽고 약한 것이 위쪽을 차지하는 법이다.

노자가 쓴 《도덕경》의 한 구절처럼, 살아 있는 동안 더 부드럽고, 가벼워지기를 바란다.

3장

어제보다 나은 내가

되고 싶을 때

처음 뵙겠습니다, 일상의 리셋

"반갑습니다. 처음 뵙겠습니다."

위파사나 명상을 시작하던 날, 선생님이 인사를 건넸다. '엥? 벌써 5주째 봐오고 있는데, 처음 뵙겠다니?' 다들 조금 어리둥절한 기색이었다.

선생님이 왜 이렇게 인사했는지 이유를 아느냐고 물었다. 모두들 꿀 먹은 벙어리마냥 가만히 있으니 선생님이 말했다. 지금 이 순간에는 처음 보기 때문이라고.

그렇다. 일주일 전에 만난 선생님과 오늘 만난 선생님은 같으면서도 다르다. 10분 전과 지금이 엄연히 다른 시간이 듯이, 그 시간을 살아가는 우리도 다르다. 우리는 어제, 오늘, 내일의 우리가 같다고 생각하지만, 매 순간은 늘 새롭기만 하다. 그 모든 순간을 늘 똑같게 보내는 우리가 있을 뿐이다.

나는 완벽하지도 않으면서 완벽주의자로 살아왔다. 그래서 늘 인생에 리셋 버튼이 있으면 좋겠다고 생각했다. 실패한 시간들을 지워버리고 싶어서, 완전히 새로 시작하는 인생을 갈망했다. 처음부터 다시 시작해 흠 하나 없이 완벽한 인생을 살고 싶었다.

새롭게 시작하기는 쉽지 않았다. 뭐 하나라도 부족하다고 느껴지면 시작할 수 없었다. 모든 조건이 완벽하게 갖추어져야 움직일 수 있다고 생각했다. 과연 그런 순간이 올까? 모든 시작은 미흡하고 부족함을 머리로는 이해해도 마음으로 받아들이기가 힘들었다. 실패를 딛고 일어서는 일은 더디기만 했고, 슬럼프에 빠져서 오래 허우적댄 뒤에야 겨우 몸을 움직였다.

우리는 지금 이 순간만 살 수 있다. 과거와 미래는 내 머릿속에만 있을 뿐, 실제로는 세상 그 어디에도 존재하지 않는다. 그저 매순간 '지금'만이 있을 뿐이다. 정말 변화를 원한다면 지금, 바로 여기서 변해야 한다. 다른 길은 없다.

7주차 명상 때에 있었던 일이다. 갑자기 선생님이 종이 한 장을 손에 들고서 우리에게 무엇이 보이는지 물었다. 안경을 쓰고 있지 않아서, 내 눈에는 그저 흰 종이에 무언가가 검은색으로 그려진 것만 보였다. 시력이 나쁜 나를 위해 선생님이 더욱 가까이에 와서 종이를 보여주었다.

"오리 같은데요?"

효진 씨가 대답했다. 왼쪽 위쪽을 입으로 보자면 오리로 보였고, 그것을 귀로 보자면 토끼처럼 보였다.

"토끼 같아 보이기도 하네요."

내가 대답했다. 하지만 선생님은 원하는 대답이 안 나왔는지 한동안 종이를 든 채 같은 질문을 되풀이했다. 그러다 조금씩 종이를 아래로 내렸다. 그러면서도 계속 무엇이 보이는지 되물었다.

아무리 생각해봐도 다른 건 생각나지 않았다. 입을 다문 채 갸웃거리는 우리에게 선생님은 또 이렇게 물었다.

"제가 안 보이시나요?"

그렇다! 종이는 이미 탁자 위에 놓여 있는데, 우리는 계속 종이에 무엇이 그려져 있나 생각하느라 눈앞에 선생님을 두고서도 못 보고 있었다. 종이에 담긴 그림을 마음속으로 좇느라 눈앞은 놓치고 있었다.

우리는 그제야 선생님의 의도를 파악하고 신이 나서 대답했다.

"머플러도 보여요."

"선생님 손도 보이구요."

"종이도 보이네요."

"검은색도 보여요."

웬만큼 대답이 나왔는데도 선생님은 계속 또 뭐가 보이느냐고 물었다.

'뭐가 더 있을까?'

아무도 대답이 없자 선생님은 이렇게 말했다.

"그 모든 것을 보는 내가 보이지 않나요?"

매순간 일상을 다시 살 수 있는 기회가 주어진다. 늘 깨어 있자. 삭제 키를 눌러 지울 수 있는 과거란 없다. 과거는 마음속에서만 존재한다. 지금 이 순간이 있을 뿐이다. 깨어있지 않으면 이 단순한 진실을 잊기 쉽다. 깨어있는 마음으로 지금 이 순간을 새롭게 살아가자.

TLAXCALA · CP90000
Calle
Miguel Guridi
y Alcocer

'먹고 싶다'는 생각에
반응하지 않는 연습

명상원에 다닌 지 3주가 되던 날, 선생님이 귤을 하나씩 수련생들에게 나눠주었다. 선생님은 귤을 가리키며 아주 많은 요소들로 이루어져 있지만 크게 보면 물, 바람, 불(태양), 땅으로 이루어져 있다고 말했다. 그리고 우리 인간을 비롯한 세상 모든 것이 바로 이 네 요소로 이루어져 있다고 설명했다. 그 말은 곧, 귤과 내가 같은 요소로 이루어져 있고, 우리 모두가 우주와 같은 요소로 이루어져 있다는 뜻이다.

이 세상에 존재하는 모든 것과 나는 하나다. 이 사실을 새삼 깨닫고서 귤을 유심히 바라보았다. 평소에는 아무 생각 없이 껍질을 까서 입에 넣었던 귤이 특별하게 다가왔다. 내 손에 오기까지 사람들이 들인 노고와 자연의 수고가 귤 하나에 가득 담겨 있었다. 게다가 나와 같은 요소로 이뤄졌다니!

선생님은 귤에 담긴 의미를 잠시 생각해보고, 마주 앉은 사람과 귤을 주고받으라고 했다. 사뭇 깊은 의미로 다가온 귤을 맛있게 드시길 바라는 마음을 담아 앞에 앉은 사람에게 건넸다.

마침내 귤을 먹는 시간. 선생님은 위파사나 명상을 하듯이 냄새, 색깔, 모양, 껍질을 깔 때 느낌, 입에 넣고 씹을 때 맛과 느낌, 삼킬 때 목에 넘어가는 느낌 등 모든 과정에 집중하면서 귤을 먹으라 했다. 인간이 지닌 모든 감각을 동원해 먹는 것이다. 그러면서도 거기서 오는 느낌을 말이 아닌, 그 자체로 온전히 느끼고 받아들이며 먹는 것이다.

귤 껍질은 위쪽은 레몬처럼 노란 빛깔에 살짝 초록색이 감돌았고, 아래쪽은 오렌지색으로 되어 있었다. 손으로 껍질을 까니 평상시에는 들리지 않았던 껍질이 찢어지는 소리가 들렸다. 알갱이를 감싸고 있는 얇은 속껍질과 그 위에 붙

은 하얀 실 같은 섬유질을 바라보고 하나씩 까서 입에 넣었다. 알맹이가 톡 터지며 신맛과 단맛이 느껴졌다. 꿀꺽 하고 삼킬 때 목구멍에 어떤 느낌이 나는지에도 집중해보았다. 늘 먹던 귤이지만 특유의 새콤달콤한 맛이 참으로 신선하게 다가왔다. 그 작은 귤을 다 먹는 데 몇 분이 흘렀다.

음식을 먹으면서도 명상할 수 있다. 오감에 집중하며 먹는 '마인드풀 이팅(Mindful Eating)'을 하다 보면 내가 먹는 음식의 양과 종류, 영양소 같은 많은 것들을 깨달을 수 있다. 그러다 보면 자연스레 인스턴트 음식이나 자극적이고 중독성 강한 음식들을 멀리하게 된다. 그리고 몸매가 아닌 몸을 위해 되도록 좋은 음식을 먹고자 하는 의욕이 강해진다. 분위기에 휩쓸려 과식하는 일도 적어지고, 간단한 음식을 선호하게 되기도 한다.

명상을 시작하고부터 나는 생 양파와 데친 브로콜리, 당근, 오이, 파프리카 같은 채소 요리와 생선조림을 즐겨 먹는다. 다른 사람들이 좋다고 해서 인터넷으로 구입했던 갖가지 영양제를 이제는 먹지 않는다. 필요한 영양소는 음식으로 섭취하려고 한다.

재작년 건강검진에서 공복 시 혈당이 높게 나왔다. 아직 정상 범위에 속하지만 방심하면 경계로 갈 수 있는 단계였다. 그러다 우연히 인터넷에서 간헐적 단식에 관한 글을 읽었고, 혈당을 낮춰준다는 이야기에 가벼운 마음으로 도전하게 되었다. 그리고 지금까지 하루 16시간 단식하는 일은 무리여서 14시간 공복을 유지하고 있다.

내친김에 정제된 밀가루도 끊어보기로 했다. 빵과 국수, 케이크를 무척 좋아하는 나로서는 대단한 모험처럼 느껴졌지만, 생각보다 쉽게 꾸준히 지켜오고 있다.

물론 쉽지는 않다. 간헐적 단식을 시작한 지 얼마 안 되었을 때에는 밤에 너무 배가 고플까 봐 미리 음식을 잔뜩 먹기도 했다. 식사를 끝마치는 오후 5시 전까지 배를 채워놓으려고 꾸역꾸역 음식을 먹기도 했다. 하지만 과도기를 지나니 몸은 빠르게 적응하기 시작했다. 간헐적 단식 덕분에 평소 지나치게 많은 영양소를 섭취해왔다는 사실을 깨달았다. 우리 몸은 생각보다 그렇게 많은 양의 음식을 필요로 하지 않는다.

요새도 달콤한 디저트나 피자, 파스타, 냉모밀, 과자가 끌릴 때가 있다. 식사 시간이 끝났는데 배가 고파서 힘들 때도 있다. 그럴 때 '먹고 싶다'는 생각에 바로 반응하지 않는다. 그저 생각을 알아차리기만 한다. 마음이 휘둘리지 않으면 그 생각도 점차 사그라진다.

이런 과정이 익숙해지면 먹고 싶은 생각 자체가 별로 일어나지 않는다. 충동이 느껴질 때마다, 내가 정한 규칙을 지키거나 어기는 일이 동전을 뒤집듯 아주 쉽다고 생각한다. 어기기도 쉽지만, 지키기도 쉽다. 의지만 조금 있으면 된다.

"알아차리면서 알맞게 먹는 것이 중도입니다. 지혜로 먹을 때 중도로 갈 수 있습니다."

미얀마 쉐우민 수행센터의 아신 떼자니야 사야도는 이렇게 말했다. 음식을 온전히 집중하여 먹는 사람이 얼마나 있을까? 요새는 한 손에 든 휴대전화를 끊임없이 들여다보면서 밥 먹는 사람들을 자주 발견한다. 다른 데 정신이 팔린 채로 식사를 한 탓에 자기가 밥을 먹었는지 안 먹었는지 모르는 사람도 있다.

또한 '맛있겠다' '먹고 싶다'라는 내면의 속삭임에 속아서 몸에 좋지 않은 음식을 잔뜩 먹는 사람들도 많다. 사람들이 번번이 다이어트에 실패하는 이유는 이 욕망의 속삭임이 진짜라고 의심 없이 믿기 때문이다. 마인드풀 이팅을 하는 습관을 들이면, 이런 마음의 소리에 바로 반응하는 일이 줄어든다. '더 먹고 싶다'는 욕심이 일어날 때, 내가 아닌 마음이 그렇게 생각하는 줄 깨닫기만 하면 된다. 내가 아닌 마음의 의견에 무조건 따라가 줄 필요는 없다.

명상을 통해서 마음이 가벼워지니 몸도 덩달아 가벼워지기 시작한다. 더욱 가볍고 단순해지고 싶다.

혼자 하는
마인드풀 이팅

마인드풀 이팅은 준비 단계에서부터 시작된다. 생산지와 재배방식을 꼼꼼히 살펴서 되도록이면 좋은 재료를 산다. 이 재료를 손질하고, 요리하여 식탁에 놓기까지 모든 과정을 주의 깊게, 명상하듯이 진행한다. 이제 식탁 앞에 앉았다면, 아래와 같이 식사를 한다.

1. 잠시 멈추어 마음을 차분히 가라앉힌다. 눈으로 음식을 보고, 냄새를 맡고, 질감 등을 알아차리는 시간을 갖는다. 음식의 재료들이 어떻게 재배되었을지 생각하며 감사한 마음을 갖는다.

2. 숟가락과 젓가락을 사용해 음식을 먹기 시작한다. 이때 팔의 움직임과 몸의 감각을 느끼며 천천히 먹는다.

3. 맛과 냄새, 씹는 느낌, 혀에 닿는 감촉에 집중하여 알아차리며 먹는다. '달다' '짜다'와 같이 말로 생각하지 않고, 느껴지는 감각 그 자체에 집중하며 먹는다.

4. 음식을 먹으면서 올라오는 마음속 생각이나 감정이 있다면, 그것을 알아차리고 다시 식사에 집중한다.

5. 식사를 할 때 텔레비전이나 휴대전화같이 집중력을 떨어뜨리는 물건은 멀리한다.

'사고 싶다'는 생각에
반응하지 않는 연습

나는 미니멀리스트는 아니다. 적은 물건으로도 자기만의 개성을 나타낼 수 있다면 대단한 감각의 소유자라 할 수 있겠지만, 내가 지금까지 본 미니멀리스트는 다들 엇비슷한 느낌이라 별로 좋아하지 않는다. 그럼에도 불구하고 명상을 통해 조금씩 미니멀리스트가 되어가는 듯하다. 요즘에는 내게 꼭 필요한 것만을 소비한다.

한때 옷을 정말 좋아했다. 패리스 힐튼도 아니면서 같은 옷을 입고 같은 사람을 만나는 걸 싫어했다. 그래서 자주 옷을 제대로 살펴보거나 입어보지도 않고 사서는 한두 번 입고 버리곤 했다. 해외 직구로 샀지만 맞지 않아서 못 입는 옷은 반품이나 환불이 귀찮아서 아무 데나 처박아두기도 했다.

일본에 살 때는 이사를 많이 다녔는데, 중간 사이즈 트렁크에 짐을 맞추기 위해 비싼 돈을 주고 구입한 옷들이나 물품을 그냥 내버렸다. 그렇게 길바닥에 버린 돈이 얼마인지 모르겠다.

혼자 살다 보면 할인에 민감해진다. 당장은 필요 없는 물건인데도 싸게 할인할 때 잔뜩 사서 쟁여놓아야 한다는 생각이 든다. 외국에서 혼자 살 때 생긴 이 습관은 지금도 여전하다. 불필요한 쇼핑 욕구를 잘 참고 있다가도 무심코 들여다본 광고에 할인하는 물품이 나오면 필요성을 따지지도 않고 구매하곤 한다.

제값 주고는 살 일 없지만 할인을 한다면 구매해보고 싶은 물건들을 '이때 아니면 언제?' 하는 생각으로 장바구니에 담다 보면 결제할 때 가격이 만만찮다. 충동구매인 줄 알면서도 이만큼 할인받았으니까 나름 똑똑한 소비였다고 만족한다. 하지만 물건이 쌓여 있으면 무의식적으로 헤프게

낭비하게 된다.

예를 들어 쇼핑을 할 때는 '그래, 이거야.' 하고 마음에 드는 재킷을 사서 한껏 들떠 집에 온다. 입고 있던 후줄근하고 빛 바랜 재킷을 보니 새 재킷이 더욱 근사해 보인다. 거울 앞에서 입어보니 아주 흡족하다. 새 재킷을 사지 않았을 때는, 즉 재 킷이 없었던 현재에서는 그 재킷을 처음 입었을 때의 기분은 상상할 수 있었다. 그러나 열 번째 입었을 때 익숙해진 기분이 나 1년 후 입었을 때 싫증 난 기분은 아무래도 상상하기 힘들 다. (중략)

기쁨이 물건의 가격에 비례하지 않듯이, 물건의 기능 또한 가격에 비례하지 않는다. 두 배 비싼 다운재킷이 두 배 더 따 뜻하지는 않다. 이때 역시 허전한 마음을 메울 수 없다. 메울 수 없기 때문에 다음에야말로 메우고 싶다는 생각을 간절히 하게 되고, 다시 새로운 물건을 기웃거린다. 물건을 갖게 되면 익숙해졌다가 싫증나는 과정이 되풀이되는데도 기어코 현재 감정을 토대로 미래를 예측한다. 우리가 예측할 수 있는 미래 는 사실 아주 가까운 '장래'일 뿐이다. 물건을 손에 넣기 전에 는 그 물건에 질려버릴 미래를 도저히 예측할 수 없다. 따라서 늘 새로운 물건에 눈독을 들인다.

일본의 미니멀리스트 사사키 후미오의 베스트셀러《나는 단순하게 살기로 했다》에는 사람들이 물건에 집착하는 이유가 잘 나와 있다.

나는 새로 산 바지가 도착하기도 전에, 구매한 순간부터 관심이 없어지는 유형이었다. 그럴 거면서 물건의 구매 버튼을 누르기 전까지는 왜 그렇게 고민하고 갈등하며 힘과 시간을 쏟았는지 스스로도 의문이 든다. 외출할 때 입을 만한 옷이 없어서 쇼핑을 하지만, 정작 자주 입고 나가는 건 익숙해서 편한 옷일 때가 많다. 익숙한 건 싫증나지만 거기서 벗어나려 하지는 않는다. 그러니 아무리 새 물건을 사도 늘 입을 옷은 없고 쓸 물건도 없다.

엄마는 저렴한 물건을 자주 산다. "별로 비싼 게 아니니까"라며 싼 신발이며 옷가지를 몇 개씩 구매한다. 하지만 그런 물건들은 정말 필요해서 심사숙고해 산 게 아니기 때문에 몸에도 잘 안 맞고 불편한 경우가 대부분이다. 그래서 결국 옷장에 방치되곤 한다. 그런데도 엄마는 다음 해 같은 계절이 오면 또 비슷한 값에 비슷한 물건을 구입한다.

엄마는 스트레스나 결핍을 해소하는 방편으로 쇼핑을 하는 것 같다. 하지만 싸구려 물건 구매로 결핍을 달래줘 봐야 잠깐일 뿐이다. 내면의 결핍은 물건으로 해결되지 않는다.

나 역시 마찬가지였다. 물건은 많으면 많을수록 좋았다. 다양한 물건을 모두 갖춰놓고 살고 싶었다. 그래서 늘 이왕이면 저렴한 걸로 한 개 살 돈으로 두 개를 사는 식으로 쇼핑을 하곤 했다. 정작 마음에 쏙 드는 것은 포기할 수밖에 없었다.

모든 일상 속에서 명상을 실천하려고 노력하는 지금은, 그런 버릇이 저절로 고쳐졌다. 구매하기 전에는 이게 지금 꼭 필요한가를 생각한다. 당장 필요 없다면 사지 않는다. 필요한 물건이라면 편해서 오랫동안 많이 사용할 수 있는 물건으로 고른다. 구매 습관이 바뀌니 실패하는 물건이 별로 없다. 불필요한 물건들을 많이 갖고 있을 때보다 마음에 쏙 드는 꼭 필요한 물건과 함께할 때 만족감도 크다. 돈이 절약되는 건 덤이다.

긍정을 강요하는 시대

긍정을 강요받는 시대이다. 부정적이거나 비판적인 태도를 보이면 까칠한 사람으로 낙인찍히기 십상이다. 매사에 부정적인 아빠와 함께 살다 보니 그런 태도가 주위 사람에게 얼마나 큰 스트레스를 주는지 잘 안다. 하지만 감정을 속이면서까지 긍정적이 되라는 건 납득하기 어렵다.

사실 나는 굉장히 비판적이다. 남들이 좋은 게 좋은 거라며 넘어갈 때도 "아닌 건 아닌 거야!" 하고 따지길 좋아한다.

긍정적인 생각을 하려고 노력하던 때도 있었다. 실컷 작업

한 파일이 단번에 날아갔을 때 솟구치는 화를 억누르며 이렇게 위로했다. '일이 잘되려나 보다.' 타인의 실수로 몇 번이나 삽질하는 일이 생겨도 '기분이 나빠지면 안 돼. 후-. 후-. 좋은 생각, 좋은 생각.' 애써 긍정 모드를 유지하려 했다.

하지만 결과는 바람대로 풀리지 않는 경우가 훨씬 많았다. 그럴 때면 온전히 긍정적이고 좋은 기분을 유지하지 못한 탓이라고 생각했다. 이런 일이 계속 쌓이니 자주 우울과 분노, 부정의 늪에 빠져 허우적댔다.

긍정적인 사고방식을 타고난 건 복이다. 나처럼 태어날 때부터 부정적인 성향이 강한 사람은 긍정적으로 살기가 힘들다. 억지 긍정을 해봐야 별 소용도 없다. 꾹꾹 누른 감정이 폭발하면 그 몇 십 배의 위력을 발휘하니까. 괜찮다고 감정을 속여봐도 마음이 속을 리가 없다. 억지 긍정 후엔 반드시 부정적인 생각이나 불안이 뒤따라온다. 그리고 그것들은 쉽게 사라지지 않는다.

긍정적 사고와 부정적 사고 모두 감정과 지각을 구분하지 못하고 현실 대신 환상을 받아들인다. 그러면 기분이 좋아지기 때문이거나, 침체로 빠져드는 익숙한 신경 경로가 강화되기 때문이다. 이런 두 가지 경향에 대한 대안은 우리 자신에게서 벗어나 자기감정과 환상으로 채색하지 않고 사물을 '있는 그대로' 보는 것이다.

바버러 에런라이크$^{Barbara\ Ehrenreich}$의 《긍정의 배신》에 나오는 구절이다. 명상은 긍정적이든 부정적이든 그 어떤 생각도 붙들지 않고 모두 흘려보낼 수 있게 한다. 긍정적 사고는 좋으니까 계속 붙들고 있고, 부정적 사고는 나쁘니까 버리는 게 아니다. '알아채는 나'를 제외하고는 모두 놓아야 한다. 아니, 최후에는 그 '알아채는 나'도 놓아야 한다.

가장 쉬운 예로, 책상 위에 유리컵이 하나 놓여 있다고 치자. 컵에는 물이 반 정도 담겨 있다. 그것을 보고서 부정적 사고는 '물이 반 잔밖에 없다'고 말한다. 긍정적 사고는 '물이 반 잔이나 있다'고 말한다.

하지만 실은 그저 '컵에 물이 반 정도 담겨 있을 뿐'이다. 진실은 이것이다. 사회는 '물이 반 잔이나 있다'고 생각하는 편이 심신에 도움이 된다며 강요한다. 그러나 강요받은 생각은 사실을 왜곡한 것 그 이상도 이하도 아니다.

명상을 한 뒤로 부정적인 생각이 눈에 띄게 줄었다. 그렇다고 기분이 평소보다 확 좋아진 것은 아니다. 기분 좋을 때를 떠올릴 때 흔히 생각하는 들뜬 기분 같은 건 전혀 없다. '덤덤하지만 가라앉지 않은 상태'가 정확한 표현일 것이다. 좋지도 싫지도 않은 딱 중간의 느낌.

그래서 초반에는 내가 명상을 잘하고 있는지 몹시 헷갈렸다. 매사에 무감각해지는 건 아닌지 혼란스러웠다. 하지만 명상을 지속할수록 명확해지고 있다. 명상으로 얻을 수 있는 건 들뜬 기쁨이 아닌 차분한 평온, 생각과 상황에 좌우되지 않는 굳건하고 안정된 감정 상태라는 것을. 긍정적이든 부정적이든 생각을 계속 버리다 보면 그저 사실만이 남는다. 그리고 어디에도 치우치지 않는 평정심이 남는다.

살다 보면 기쁜 일도, 짜증나는 일도 일어난다. 나는 더이상 감정을 억누르지 않는다. 기분 좋은 일이든 짜증나는 일이든 집착하지 않는다. 그저 알아차리기만 한다. 그러면 신기하게도 감정은 스스로 물러나고 나는 다시 평정심으로 돌아간다. 가장 자연스러운 마음의 상태로.

'동의하지 않음'이
사람에 대한 거절은 아니다

'요가한 지 3년이 되어가는데, 아직 제대로 서지도 못해. 골반은 언제 펴지는 거지? 펴지기는 할까? 혹시 기형 아닐까? 이 많은 사람들 중에서 나비 자세가 안 되는 사람은 나밖에 없어!'

'아, 또 잊었어? 정신을 어디에다 두고 사니? 치매는 아니겠지?'

'과연 내가 할 수 있을까? 몇 달 동안 붙잡고 있었는데 왜 못할까?'

나를 가장 많이 비판하는 사람은 바로 나 자신이다. 나는 내 일거수일투족을 자동적으로 평가하고 판단한다. 그러고는 내 판단이 무조건 옳다고 철석같이 믿는다. 그러면서 누군가가 내 언행을 비판하면 발끈한다. 매일같이 판단하는 자신에게는 그렇게 순종적이면서.

불행한 일은 나를 판단하듯 다른 사람도 늘 판단한다는 사실이다. 항상 나와 남을 동시에 재면서 '그래도 나는 당신보다 나아요'라는 암묵적인 믿음을 가지며 위안과 자부심을 얻는다. 지난 경험과 지식을 판단 근거로 들이대지만 그게 절대적으로 옳다고 어떻게 증명할 수 있는가? 이런 생각이야말로 '근거 없는 자신감'이 아닐까?

위파사나 명상 시간에 선생님이 말했다.

"옷장에 옷이 있다고 해서 내 옷, 내 옷 하지 않습니다. 옷장에 옷들을 넣어두고 필요할 때 꺼내 입을 뿐입니다. 생각과 몸의 감각도 마음일 뿐이며 몸일 뿐입니다. 그런데 우리는 이 생각과 몸을 내 생각, 내 몸이라며 나와 동일시합니다. 그저 깨어 있으면서 현존하십시오."

우리는 생각과 몸이 나라고 믿으며 살아간다. 그리하여

유난히 내 생각, 내 몸에 집착한다. 생각은 생각이고, 몸은 몸이며, 나는 나일 뿐이다.

"마음은 우리가 계획하지 않은 생각을 합니다. 우리가 '나는 아침 9시 10분에 자기 증오로 가득 차 있을 거야' 하고 생각하진 않잖아요."라는 샤론 살츠버그Sharon Salzberg의 말 그대로이다. 마음 또는 생각이 나와 같다면 자기 혐오 따위는 하지 않을 것이다. 그걸 즐기는 사람은 없을 테니까.

명상을 하면 내 의도대로 생각하는 것이 아님을 깨닫는다. 생각은 저절로 떠오른다. 그럼에도 불구하고 우리는 우리가 그 생각을 했다고 믿는다. 그래서 생각을 우리 자신과 동일시한다. 생각이 다르다는 이유로 남에게 화를 내거나 상처를 준다. 생각이 거부되면 마치 자기 자신이 거절된 것처럼 느끼며 분노한다.

명상을 해도 이런 습관이 쉽게 없어지진 않는다. 나는 여전히 거의 모든 상황에서 자동적으로 판단하곤 한다.

8주차 명상을 다 마치고 경험담을 얘기하는 시간이었다. 성격이 급해서 남들에게 안 좋은 소리도 많이 들었다는 효진 씨가 얘기했다.

"저는 원래 성격이 급하지만, 직업상 여기저기 돌아다니면서 일을 해서 더 급해졌어요. 늘 다음에 무슨 일을 할지 생각하는 습관도 있고요. 그런데 걷기 명상을 하며 천천히 걷다 보니 몇 주 동안 걸으면서도 발견하지 못했던 것들이 눈에 들어오더라고요. 빨리 걸을 때는 전혀 못 보았던 것들을 천천히 걸으면서 볼 수 있다는 사실을 알았어요. 그리고 천천히 걸을 때보다 빨리 걸을 때 훨씬 더 많은 생각이 떠오른다는 것도 깨달았어요."

효진 씨의 말을 듣는 동안 내게 아주 신비로운 일이 일어났다. 생애 처음으로 판단이란 것이 생기지 않았다. '그래, 맞아.' 하는 동의도 없었다. 온전히 효진 씨의 말소리를 듣고 있었다. 그렇다고 집중하지 않은 것은 아니었다. 말 하나하나에 집중했지만 내 의견이 완전히 배제된, 그 순간과 소리에 오롯이 집중하고 있었다.

선생님의 이야기 역시 상황과 소리 자체에 집중하며 들었다. 선생님은 명상은 생각이 없을 때가 아니라 생각이 있을 때에도 행복하게 살게 해준다고 했다. 지금 여기에 있음이 행복과 자유를 얻는 비결임을 깨닫게 한다고 했다.

명상원에서 집으로 돌아와서도 판단 없는 상태는 지속되

었다. 집으로 가는 길이 멀어서 돌아올 때는 늘 전철과 버스 시간을 재는 버릇이 있었는데, 이날 처음으로 시간에 대한 생각이 나지 않았다. 앞에 있는 사람들을 보면서 외모를 판단하는 생각이 들지 않았다. 분명 나는 지금 여기에 있지만, 한 걸음 떨어져 보는 듯한 느낌이랄까? 말로 설명하기 어려운 평온과 고요를 느꼈다. 그리고 그 순간, 모든 것이 온전히 있는 그대로 자연스레 받아들여졌다.

판단과 생각이 멈췄을 때, 현실이 더 명확하고 분명하게 들어왔다. 유발 하라리가 말한 '바로 지금 이 순간 현실에서 일어나는 것을 제대로 본다'는 게 무엇인지 경험할 수 있었다. 옳은 것도 틀린 것도 없었다. 정상도 비정상도 없었다. 모든 게 있는 그대로 괜찮았다. 그리고 내 안에는 평안과 고요만이 있었다.

판단 없이 있는 그대로 받아들이자. 삶이 단순해질 수 있는 유일한 길이니까.

산다는 건 뒤통수를 맞는 일이다

어머니가 말씀하셨다.

산다는 건 늘 뒤통수를 맞는 거라고. 인생이란 놈은 참으로 어처구니가 없어서 절대로 우리가 알게 앞통수를 치는 법이 없다고. 나만이 아니라 누구나 뒤통수를 맞는 거라고. 그러니 억울해 말라고.

어머니는 또 말씀하셨다.

그러니 다 별 일 아니라고.

노희경 작가가 대본을 쓴 드라마 〈그들이 사는 세상〉에 나오는 이 나레이션처럼 산다는 건 늘 뒤통수를 맞는 일일지도 모른다.

이탈리아에서 한국으로 오게 된 것은 내 의지가 아니었다. 이탈리아에선 명품 가구 가게에서 일했다. 경험이나 전문 지식이 전혀 없었지만, 영어와 일어를 할 줄 알고 지인이 소개해줘서 운 좋게 일을 할 수 있었다. 값비싼 주방 가구와 소파, 세계적 디자이너들이 만든 독창적인 가구, 오랜 세월이 지나도 많은 이들에게 사랑받는 명작들, 밀라노 가구 박람회와 함께 유명 브랜드에서 주선하는 애프터 파티까지……. 일은 예상보다 훨씬 더 재미있었다. 사업이 번창해서 유럽은 물론 중동, 미국, 호주, 브라질 등지에서 주문이 들어왔다.

'나도 이렇게 이곳에서 자리를 잡아가는 건가?' 하고 흡족해질 무렵, 사장에게서 갑작스럽게 가게를 닫겠다는 말을 들었다. 한 달 만에 거짓말처럼 가게는 문을 닫았고, 사장은 남아프리카공화국으로 날아갔다. 역시 삶은 이렇게 뒤통수를 친다. 당시 나는 딱 그런 느낌이었다. 삶이 나를 배신한다는 생각까지 들었다. 하지만 지금 그때를 돌아보면 그 일

은 또 다른 삶의 길을 열어주기 위한 필연적인 사건이었을지 모른다. 내 의지로 돌아온 건 아니지만, 어쨌든 한국에 와서 새로운 길을 만나게 됐으니까.

나는 지극히 평범한 사람이다. 학창시절 공부를 잘하는 모범생도, 문제를 일으키는 문제아도 아니었다. 눈에 띄지 않게 집과 학교를 충실하게 오가는, 주변에서 흔히 볼 수 있는 학생이었다. 가정형편도 딱 중간이었다.

그런 나에게도 삶은 다가와서 뒤통수를 쳤다. 하지만 그 후에 더 좋은 보상을 받은 적이 많았다. 재수 후에 훨씬 나은 대학교에 들어갔다거나 회사에서 보기 좋게 잘린 뒤에 워킹 홀리데이 비자를 받아서 그토록 염원하던 해외생활을 하게 됐다거나 하는 식이었다. 이탈리아에서도 이력서를 넣고 면접을 본 데에서는 죄다 퇴짜를 맞았는데, 우연한 연결로 그동안 해보고 싶었던 명품 관련 일을 할 수 있었다.

귀국 후에 벌였던 사업을 접을 때 일어났던 일도 비슷하다. 매입하는 쪽에서 매각 금액을 세 번에 걸쳐서 준다고 했다. 그런 계약이 처음이니 나는 그쪽 제안을 받아들였다. 그런데 그 얘기를 들은 주변 사람들이 흥분하면서 돈을 그렇게 나눠 받는 경우는 없다고, 계약을 잘못했다고 말했다. 덜컥 두렵고 불안했다. 공황 상태에 빠지기 직전, 사업 매입에 관심을 갖던 다른 사람에게서 연락이 왔고, 그분 도움으로 변호사를 만나 며칠 뒤 돈을 한꺼번에 모두 받을 수 있었다.

그 뒤로 매수인과는 다시 만날 일이 없다고 생각했다. 그래도 그분이 내게서 인수한 사업을 잘해나가시기를 빌었다. 1년 뒤, 생각지도 않게 그분에게 도움을 청할 일이 생겼다. 안 좋게 계약을 마무리 지었기에 싫다고 해도 내가 딱히 뭐라고 할 수 없는 형편이었다. 하지만 걱정과는 달리 내 연락을 받고서 그분은 지체 없이 일을 처리해주었다.

이런 일들을 겪고 나니 이제는 뒤통수 맞는 것 같은 상황이 닥쳐도 좌절하지 않고 이 일이 또 어떻게 풀릴지 알 수 없다고 생각하게 된다. 그리고 언제 어떻게 다시 이어질지 모르니 만나는 사람마다 좋은 마음으로 대해야 한다는 교훈도 얻었다.

나에게는 두 개의 기적의 주문이 있다. 상황이 내 마음처럼 돌아가지 않을 때마다 외치는데, 그 중 하나가 '나는 모른다'이다. 정말 앞으로 인생이 어떻게 펼쳐질지 모른다는 사실을 확실히 깨달았기 때문이다. 두려움이 일고 불안감에 가슴이 두근댈 때마다 '나는 모른다'를 되뇐다. 그렇게 중얼거리다 보면 나를 집어삼킬 것 같던 두려움과 불안이 어느 정도 가라앉는다.

그렇게 되면 이제 '나는 괜찮다'를 되뇐다. 앞으로 어떻게 될지 모르지만 어쨌든 지금은 괜찮기 때문이다. 앞으로의 내 상황과 상태가 어떻게 바뀌든 지금 이 순간 나는 괜찮다.

이 작은 사실을 깨달으면 마음의 파도는 잔물결로 바뀌다 마침내 잠잠해진다. 그리고 고요한 평화가 찾아든다. 순간만이라도 괜찮다. 지금 이 순간이 이어지며 삶이 되는 것이므로.

처음 가는 길은 늘 어렵다

〈비밀보장〉이란 팟캐스트가 있다. 개그우먼 송은이와 김숙이 결정 장애를 앓고 있는 5천만 국민들을 위해 만들었다는 비밀보장 상담소다. 방송을 시작하자마자 인기를 끈 이 팟캐스트에서는 결정을 내리지 못해 괴로워하는 다양한 사람들의 갖가지 사연들이 소개된다.

나에게도 결정 장애가 있다. 무엇을 결정하는 데 상당히 오랜 시간이 걸리는 편이다. 신중한 선택을 하기 위해서라지만, 우물쭈물 고민하다 아깝게 놓쳐버린 것이 얼마나 많은지 모른다.

　　다큐멘터리 영화 〈마이클 잭슨의 디스 이즈 잇〉에 보면 그
의 매니저를 인터뷰한 내용이 나와요. 그 매니저의 말에 따
르면 마이클 잭슨이 평소에 새벽 3시, 4시, 5시 가릴 것 없
이 아무 때나 전화를 했다고 해요. 그러고는 예컨대 이렇게 말
해요. "반딧불이야. 우리는 반딧불이 필요해." 그럼 매니저는
이렇게 말해요. "마이클, 지금 새벽 4시야. 내일 아침에 얘기
하자고." 그럼 마이클은 이렇게 말해요. "안 돼, 지금 받아 적
어. 지금 일어나서 반딧불이라고 적어둬." 그럼 매니저가 말해
요. "대체 왜 지금 그래야 한다는 거야? 내일 아침에 말하자니
까?" 그럼 마이클은 이렇게 말해요. "우리가 지금 이걸 적어두
지 않으면 프린스가 할 거야."

　　세계적인 자기계발 교육기업 '마인드 밸리'를 만든 비셴
락히아니Vishen Lakhiani의 저서 《비범한 정신의 코드를 해킹하
다》에 소개된 마이클 잭슨의 일화다. 영감이 떠올랐을 때 바
로 행동으로 옮기지 않으면 그 영감은 준비된 다른 사람에
게 간다는 것이다. 내가 아니어도 그 일을 수행할 사람은 세

상에 널렸으니 성공하고 싶다면 영감이 떠올랐을 때 바로 행실해야 한다. 하지만 결정 장애를 앓고 있는 나에게 그건 그리 쉬운 일이 아니다.

나는 좋은 영감이 떠올랐을 때 바로 행동하지 못한다. 그게 정말 영감인지 평소와 같은 공상인지 확인한 뒤에 실행에 나서고 싶기 때문이다. 무모한 모험을 하며 시간과 돈 낭비를 하고 싶지 않다. 열심히 일하는 게 싫은 건 아니다. 단지 무엇이 내게 맞는지, 어떤 선택이 옳은지 알 수 없을 뿐이다. 그래서 선택할 필요 없이 최선의 길이 적절한 시기에 딱 나타나기만을 부질없이 바란다.

명상을 하면 직감과 영감이 발달하고 지혜가 생긴다지만 애석하게도 나는 아직 그 단계는 아닌가 보다. 여전히 결정하기가 어렵다. 무엇이 영감인지 분별하는 일도 어렵다. 그래서 아이디어가 떠올랐을 때 머릿속으로 여러 가지 시뮬레이션을 돌려본다. 두근거리는 흥분과 함께 실패할 가능성과 그때 입을 피해 역시 떠올린다. '아, 두렵다. 조금만 더 고민해보자.' 그렇게 시간만 보내다 이렇게 결론을 낸다. '관두자. 좀 더 쉬운 걸 알아보자.' 인생에서 쉬운 길이란 게 있기는 하나? 처음 가는 길은 늘 어렵다. 아니, 이미 갔던 길도 쉬웠다 다시 가려고 하면 어렵긴 매한가지다.

행동하지 않고 자리에 앉아 앞으로의 일을 이리저리 마음속으로만 재고 따지기만 하는 건 어리석다. 뒤돌아보면 인생이 얼마나 예상 밖으로 전개되는지 알 수 있다. 지금 머릿속 계산기를 두드리며 미래의 일을 알아맞히려 한들 맞을 리가 없다. 아무리 치밀하게 계획하고 실천해도 삶을 통제하기란 불가능하다.

결정은 어떤 것이든 좋습니다. 어느 쪽으로 결정을 내려도 그것은 상관이 없습니다. 결정을 내린 다음 어떻게 하는지가 중요한 부분입니다.

그러니 결정을 하는 데 오랜 시간을 낭비할 필요가 없습니다. 오히려 에너지를 아껴서 결정이 내려진 다음의 상황을 슬기롭게 헤쳐나가는 것이 좋습니다. 사람들은 인생의 갈림길에서 왼쪽으로 가야 할지 오른쪽으로 가야 할지 결정하느라 너무 많은 에너지를 낭비합니다. 그것은 아무 상관도 없습니다. 왼쪽으로 간 다음 무엇을 하는지가 중요합니다. 혹은 오른쪽으로 간 다음 무엇을 하는지 그것이 중요한 것입니다.

《아무것도 남기지 않기》에 소개된 아잔 브람 스님의 가르침이다. 우리는 결정할 때, 거기에 남은 인생이 걸려 있다고 생각한다. 인생이 걸린 문제를 어떻게 숙고 없이 선택할 수 있을까? 하지만 어떤 선택이든 크게 상관없을지도 모른다. 어쨌든 결정했다면 그 뒤로 슬기롭게 행동하는 일이 더 중요하다. 힘을 적재적소에 쓰고 지혜롭게 일하는 것이 핵심이다. 그러니 잘못된 선택을 할까 봐 노심초사하고 걱정하느라 결국 아무것도 못 하는 건 가장 바보 같은 짓이다.

나의 방향은 언제나 지금, 여기일 뿐이다. 지금 여기에서 걸음마를 배우는 아기처럼 한 발짝씩 떼며 걸어나간다. 이외의 일은 내 소관이 아니다. 영감이 떠오른다면 이제 주저 말고 행동해야겠다. 내가 움직이지 않으면 그건 다른 준비된 자가 해버릴 테니까.

왜 엄마와 대화할 때면
늘 화가 날까?

"엄마, 이거 또 제대로 안 껐잖아! 왜 이렇게 신경을 안 써!"

기어코 짜증을 내고야 말았다. 엄마는 언제쯤이면 가스레인지를 제대로 끄고 가스밸브도 잊지 않고 잠글까? 나이 든 부모님과 살다 보니 신경 쓰이는 일이 한두 개가 아니다. 화장실 불은 마냥 켜두기 일쑤고, 쓰지 않는 가전제품 코드를 뽑지 않으며, 수돗물을 밤새 콸콸 틀어놓고 주무신 적도 있다. 이런 것에 민감한 나는 부모님의 사소한 실수들을 바로 잡는 일에 상당한 스트레스를 받는다.

부모님에게 휴대전화 사용법을 가르쳐주는 일은 또 어떤가? 말 그대로 인내심 테스트다. 아빠는 그래도 조금 낫다. 엄마는 매번 새로 배우는 듯이 행동한다.

"진작 가르쳐주지. 이렇게 쉬운 걸. 처음부터 알려줬음 좋았잖아."

'엄마, 벌써 몇 번이나 가르쳐준 내용이잖아.'

말해봤자 입만 아프기에 소리 내어 말하지는 않는다. 하지만 이런 일이 반복되면 쌓였던 화를 폭발시키고 만다.

"아, 몰라. 아빠에게 물어봐. 아님 언니에게 물어봐."

가뜩이나 반복을 싫어하는 내게 같은 말을 몇 번이고 되풀이하며 설명해야 하는 일은 고문에 가깝다.

서점에 가면 대화법에 관한 책들이 아주 많다. '대화하는 방법을 모르는 사람이 그렇게 많은가?' 싶을 만큼 수두룩하다. 직접 대화하기보다는 문자나 카카오톡을 주고받는 일이 훨씬 많은 시대이다 보니, 책 내용은 대부분 내 의사를 상대방이 받아들이게끔 어떻게 말하고 설득하느냐에 초점이 맞쳐져 있다.

그러나 명상을 통해 배우는 대화의 기술은 좀 다르다. 명상을 하고부터 상대방의 말에 대한 나의 반응을 살피게 되었다. 그랬더니, 사람들이 건네는 말에 생각 없이 무의식적으로 반응하는 내 모습이 보였다.

잘 모르는 사람이나 사업 때문에 만나는 사람과 말할 때는 그나마 낫다. 서로 한껏 예의를 갖추고 마지막까지 긴장의 끈을 놓치지 않으니까. 하지만 가족에게는, 상대의 감정 따윈 고려할 새도 없이 즉각적으로 반응해버린다.

엄마는 가장 만만한 존재이다. 가족 모두의 투정과 짜증을 다 받아주는 사람. 오랜 세월 생활비를 버느라 궂은일도 마다 않았던 사람. 평생 일했기 때문에 제대로 된 여행이라곤 내가 이탈리아에 살 때 놀러 온 일주일이 전부였던 나의 엄마에게 내가 얼마나 무턱대고 짜증을 많이 냈는지 몰랐다. 명상을 하기 전까지는……

엄마는 얘기하기를 좋아한다. 그런데 아빠랑 나는 말수가 적은 편이다. 더구나 아빠는 시간이 지날수록 대화하기 힘든 상대가 되어간다. 매사 부정적이고 자기 말만 무조건 옳다고 하고, 행여 반대하는 얘기를 하면 금세 삐친다. 엄마는 그런 아빠의 투정을 다 받아줘야 한다. 거기에다 가끔 나도 짜증을 보탠다. 내가 엄마였다면 진작에 휴업 선언하고 혼자서 나가 살았을 것이다.

이 모든 사실을 알면서도, 엄마와 대화할 때면 자주 화가 난다. 엄마가 말을 잘 못 알아들어서 같은 말을 자꾸만 되풀이하게 만들기 때문이다. 그러니까 내가 짜증을 내는 건 어쩔 수 없는 일이라고 의심 없이 생각해왔다.

하지만 내가 다른 사람에게도 똑같이 했던가? 내 말을 못 알아듣고, 전에 했던 얘기를 기억하지 못한다고 해서 버럭 화를 냈던가? 아니다. 다른 사람들에겐 쉽게 짜증을 내거나 화를 내지는 않는다. 애써 차분히 마음을 가라앉히고 설명하려고 한다. 그러니까 내가 엄마에게 이토록 쉽게 짜증을 내는 건 엄마 탓이 아니다. 오랫동안 가져온 습관 때문이다.

마음챙김 명상에 익숙해질수록 이런 내 모습을 더 쉽게 발견한다. 물론 아직은 발끈하고서 뒤늦게 '앗!' 하고 알아차리는 경우가 더 많긴 하지만 일단 알아차리기만 하면, 그 뒤에 말들은 제동을 걸 수 있다. 일단 멈추고, 한 박자 쉰 다음에 말하면 후회할 일이 줄어든다.

자애 명상을 한 뒤로 엄마를 향한 연민의 마음이 생겨났다. 사실 여전히 자애 명상이 어렵다. 자애심이 무엇인지 아직도 모르겠다. 그런데도 상대방을 이해하려 하는 마음의 공간이 넓어짐을 느낀다. 불쌍하다거나 애처로운 연민의 감정을 일으키지 않고도 도움이 필요한 누군가를 보면 선한 마음이 앞선다.

명상을 통해 대화하는 법을 새로 배워나간다. 상대방에게 상처 주지 않고 대화하는 법. 흥분한 상태에서 떠오르는 생각들을 마구 내뱉지 않는 법, 감정을 가라앉힌 침착한 마음으로 지혜롭게 말하는 법, 내가 상처를 준 상대에게 연민을 갖고 말하는 법. 학교와 사회 그 어디에서도 배우지 못했던 값진 기술을 명상을 통해 배우고 있다.

삶이 고통스러우면 안되나요?

"지금 행복하세요?"

명상 시간에 선생님이 이런 질문을 했다. 답을 생각해봐
도 모르겠다. 행복 자체가 무엇인지 잘 모르겠다. 내가 행복
했던 적이 언제였지?

나는 지금까지 행복하기 위해서 살아왔다. 항상 살아가
는 이유를 행복에 두었다. 무엇을 성취하려고 애썼던 이유
도 그걸 손에 얻으면 행복해질 거라고 믿었기 때문이다. 언

제부턴가 '소소하고 확실한 행복'을 추구하는 유행이 생겼지만, 내게는 별로 와닿지 않았다. 그건 커다란 행복을 누릴 자신이 없는 사람들이 만들어낸 변명일 뿐이라고 생각했다. 행복은 평생 추구해야 할 거창한 것이라고 믿었다. 그래서 진정으로 행복하다고 느낀 적이 별로 없었다.

"삶은 행복하기 위한 것이 아니에요. 삶은 감정의 롤러코스터죠. 한 순간 괜찮다가도 바로 다음 순간에 외롭고 모두 잘못될 것 같은 기분이 들죠. 매순간 당신이 느끼는 것이 삶을 만드는 게 아니에요. 어떤 인생을 만들어가고 싶은지, 그 속에서 나 자신에 대한 깊은 자부심을 찾을 수 있는지, 그리고 무엇을 줄 수 있는지가 중요해요. 고통을 느껴도 괜찮아요. 사실, 무엇을 판단하고 바로잡으려고 하지 않으면 우리는 삶을 매순간 경험할 수 있어요. 어느 누구도 잘못되지 않았어요. 저 역시 그렇죠. 전 제 병에 구애받지 않아요. 내일 당장 낫는다 해도 정말 상관없어요. 왜냐하면 병이 제 삶의 질을 결정하지 않으니까요."

클레어 와인랜드 Claire Wineland 가 테드 TED 강연에서 들려준

이야기다. 클레어는 선천성 낭포성 섬유증 환자로, 스무 살이 될 때까지 서른 번의 수술을 받아야 했다. 힘든 순간들을 지나오면서도 끊임없이 의미 있는 일을 했다. 열세 살에 자기와 같은 병을 앓는 사람들을 위한 비영리단체를 세웠고 때로는 병실에서 유튜브를 통해, 때로는 직접 강연장에 서서 많은 사람들에게 삶에 대한 영감을 주었다.

지난 2018년 9월, 장기들을 기부하고 스물한 살로 생을 마감한 클레어가 전달하려 했던 메시지는 간단하다. 삶이 고통스러울 수 있지만 괜찮다고, 아무것도 잘못된 것은 없으며, 아무 비판 없이 삶을 겪어낼 때 우리는 더 많은 것을 얻고, 삶은 아름다워진다고.

삶이 괴로울 때 우리는 어떻게 하는가? 무언가가 잘못되었다고 생각하며 바로잡으려고 애를 쓰지 않는가? 그런데 삶이 고통스러우면 안 되는 이유라도 있을까? 우리는 모두 삶이 행복해야 한다고 굳게 믿는다. 그렇기 때문에 불행하다면 무언가 잘못되었다고 생각한다.

인생이 행복해야만 한다는 믿음은 대체 어디서 올까? 그러면서도 종종 시니컬하게 "삶은 원래 고통이야" 하는 말을 내뱉는다.

나 역시 선천성 병을 앓고 있지만, 클레어가 겪어온 고통은 상상조차 할 수 없다. 클레어는 태어난 뒤로 줄곧 시한부 환자로서 매 순간 죽음을 의식하며 살아야 했지만, 고통 속에서도 웃고 노래하며 삶을 즐겼다. 가혹한 운명, 공평하지 않은 세상을 향해 절규할 법도 한데, 그저 늘 미소 짓고 감사하며 다른 이들에게 웃음과 희망을 안기는 의미 있는 삶을 살았다.

우리는 우리가 좇는 성공과 명예, 부가 결국 모종의 지속적인 만족감을 안겨줄 것이라는 환상을 갖고 있다. 이 프로젝트만 끝내면, 또는 저 목표만 완수하고 나면 행복하고 만족스러울 거라고 기대하곤 한다. (중략) 하지만 목표를 이루고 난 후에도 마침내 행복해지는 일은 생기지 않는다. 그 모든 스트레스와 불안과 과로, 그리고 그로 인한 건강 이상까지 감내하며 얻어낸 보상의 만족감은 그저 잠깐 머물다가 사라져버린다.

스탠퍼드 대학의 심리학 교수 에마 세팔라^{Emma Seppala}의 《해피니스 트랙》에 나오는 구절이다. 나도 행복에 대한 환상을 갖고 있었다. 원하는 것을 이뤄야만 행복하고, 행복하지 못한 인생은 아무런 의미가 없다고 생각했다. 고통 속에서 살아가는 게 재미있을 리 없다고, 거기에 무슨 가치가 있겠느냐고 생각했다.

행복 역시 감정이다. 슬픔이나 기쁨, 분노, 고마움, 평안 같은 감정들처럼 이미 내 안에 있는 감정인 것이다. 그런 감정 중에 하나만 느끼며 사는 삶이란 있을 수 없다.

그러나 의미 있는 삶은 다르다. 힘들고 괴로운 순간에도 그 속에서 의미를 찾아낼 수 있다. 삶에 의미와 가치를 부여하는 것은 결국 우리 몫이다.

선생님은 명상을 통해 얻는 행복은 우리가 흔히 떠올리는 들뜬 마음과는 다르다고 했다. 고요하지만 걱정이 없는, 저항감 없이 그저 평온한 마음, 이런 마음이 계속 유지되는 평정심. 바로 이런 것이 명상에서 의미하는 행복이라 했다.

나는 지금 그런 평정심을 갖고 살아가고 있다. 물론 지금도 두려움이나 짜증, 분노, 시기, 질투, 소유욕, 불안과 같은 부정적인 생각과 감정이 전혀 없지는 않다. 그런 감정에 빠져 허우적대지 않을 뿐이다. 어떤 변화로 인해 불행하다고 느끼는 감정이 적어졌다. 원하는 대로 삶이 흘러가지 않아도 전처럼 괴롭지 않다. 고통스러울 때도 뭔가 잘못되었다며 죄책감을 갖거나 스스로 질책하지 않는다.

누군가 나에게 지금 행복한가를 묻는다면 내 대답은 여전히 '모르겠다'이다. 하지만 지금은 더 이상 행복해지려고 애쓰지 않는다. 그리고 그것만으로 좋다.

어쩌면 나는 원하는 것을 영원히 이루지 못하고 살지도 모른다. 아무것도 아닌 채로 삶을 마감할지도 모른다. 그러나 나는 나름의 의미를 찾아 살아갈 것이다.

두려움 속에서 살아가는 법

어릴 때 자전거 타는 법을 배웠다. 세발자전거를 타다 익숙해지면 용기를 내어 보조바퀴를 떼야 제대로 두발자전거를 탈 수 있다. 하지만 나는 중심을 못 잡고 넘어지는 일이 너무 두려워서 보조바퀴를 포기할 수가 없었다. 결국 아직도 두발자전거를 타지 못한다.

마흔이 넘으면 지혜가 생겨 대범하게 살아갈 줄 알았는데, 오히려 두려움만 가득하다. 어릴 때는 원하는 대학에 들어가지 못할까 하는 정도였다. 특별히 가고 싶은 대학이나 학과가 없었는데도 막연히 걱정을 했다. 그리고 요새는 원하는 대로 인생을 살아가지 못하는 것에 대한 불안이 많다. 한 살 한 살 나이를 더해갈수록 지혜가 아닌 두려움만 늘어간다.

이제 친구들과 모이면 대화는 자연스레 건강이나 부모님과 우리의 노후 걱정, 자식 얘기로 흘러간다. 연금, 영양제, 자식 교육에 대한 얘기만 나누다 헤어지는 것 같다. 한치 앞을 알 수 없는 미래를 설렘으로 맞이하기보다는 되도록 큰 어려움 없이 보내도록 대비하는 데 익숙해져버렸다.

미혼인 나의 두려움은 유부녀인 친구들과는 조금 다르다. 이대로 연애 한번 못 해보고 늙으면 어쩌나, 좋아하는 아기도 갖지 못하고 결국 내 가족을 이루지 못하면 어쩌나, 부모님도 여의고 경제력도 없이 홀로 아파서 병원에서 고독사하면 어쩌나 하는 두려움들이다.

그러나 가장 큰 두려움은, 변화 없이 지금 일상에 안주하는 것이다. 어느새 어떤 반전이나 일탈을 꿈꾸고 상상하기에 부담스런 나이가 되어버렸다. 전처럼 상상을 해도 이룰 수 있을 것 같은 기분이 들지 않는다.

몇 년 전, 강의를 듣다 알게 된 혜영이라는 동생이 있다. 우연히 친해지게 되어 한 달 정도 사무실을 같이 쓰기도 했다. 이야기를 나누던 중에 내가 외국에서 오래 살다 왔다는 말을 하자, 혜영은 무척 관심을 보였다. 자기도 외국에서 사는 게 소원이었다고 해서 내 경험담과 함께 도움이 될 만한 정보들을 알려주었다.

그 무렵 나도 뉴욕에 가고 싶어서 한참 정보를 모으고 있었다. 그런데 막상 실행으로 옮길 엄두가 나지 않았다. 결혼하지 않은 여자는 비자 얻기가 무척 어렵다는데 딱히 뾰족한 방법이 생각나지 않았다. 돈도 없었다. 악명 높은 집세를 어떻게 감당할지도 두려웠다.

하지만 모두 핑계일 뿐, 실은 그저 두려웠던 것이다. 모험할 용기가 없었다. 당장에 잘 방도 구하지 않고 도쿄로 떠났던 스물여섯의 용기는 다 어디로 갔을까? 오랜 외국생활을 통해 이래저래 아는 게 많아지니 오히려 쉽게 실행하지를 못한다. '무식하면 용감하다'는 말이 딱 맞는다.

하루는 혜영이가 사무실에 와서는 뜬금없이 "언니, 나 호주 가기로 했어요" 하고 말했다. 내가 깜짝 놀라며 되물으니, 외국생활을 내키지 않아 하는 남편을 설득하여 전셋집을 내놨다고 말했다. 세 살도 채 되지 않은 아들과 함께 온 식구가 호주에 간단다. 나는 당황스러웠다. 내가 괜히 바람 넣은 게 아닐까?

혜영이와 남편은 영어를 할 줄 몰랐다. 애는 어리고, 둘이 회사를 그만 둔 지 1년이 넘어 대출금으로 살아가고 있던 형편이었다. 대책 없이 부추긴 거 같아 미안하기까지 했다. 어쨌든 일은 일사천리로 이루어져 집이 일주일 만에 바로 나갔고, 그들은 말을 꺼낸 지 한 달 만에 호주행 비행기에 몸을 실었다.

그러나 내 걱정은 쓸데없었다. 꿈을 향해 주저 없이 나아갔던 그 가족은 이제 영주권 신청을 하고 결과를 기다리고 있다. 여전히 영어는 안 늘고 외벌이 수입에 식구는 하나 더 늘어났지만, 한국에서 살 때보다는 마음이 편하다고 한다.

마음속에 두려움이 있으면 일상의 일들이 불가피하게 그것을 건드린다. 물에다 돌을 던지는 것처럼, 세상은 그 끊임없는 변화로써 당신의 마음에 걸려 있는 것들 속에 파문을 일으킨다. 이것 자체는 아무런 문제가 없다. 삶은 당신을 가장자리로 밀어붙이는 상황들을 일으킨다. 그것은 모두가 당신 속에 걸려 있는 것들을 제거해주기 위한 것이다. 두려움의 뿌리는, 당신 안에 걸려서 쌓여 있는 그것들이다. 두려움은 에너지 흐름의 막힘에 의해서 생긴다. 에너지가 막히면 에너지가 가슴으로 올라와 양분을 공급하지 못한다. 그래서 가슴이 약해진다. 가슴이 약해지면 그것은 낮은 파동에 민감해지는데, 모든 파동 중에서 가장 낮은 것이 두려움이다. 두려움은 모든 문제의 원인이다. 그것은 선입견 그리고 분노, 시기, 소유욕 등 모든 부정적 감정의 뿌리이다. 두려움만 없다면 이 세상을 사는 것은 너무나 행복할 것이다. 어떤 것도 당신을 괴롭히지 않을 것이다.

《상처받지 않는 영혼》에서 마이클 A. 싱어 Michael A. Singer 는 두려움만 없으면 세상을 사는 것이 무척 행복할 거라 했다. 두려움 없이 사는 사람이 있을까? 모두들 크고 작은 두려움이 있다. 명상을 한다고 두려움이 한 번에 싹 사라지지는 않는다. 낯선 일은 여전히 두렵고 불안하다.

하지만 명상을 통해 두려움 속에서 살아가는 법을 배우

고 있다. 두려움을 완전히 벗어날 순 없지만, 두려운 마음이 생겨도 괜찮다는 것을 알아간다. 두려움에서 놓여나는 유일한 길은 집착을 놓는 것이다. 원하는 대로 이뤄졌으면 하는 마음을 계속 놓다 보면, 두려운 기분이 들더라도 전처럼 크게 느껴지지 않는다. 두려움과 함께 살아가는 게 조금씩 편해지고 있다. 자꾸 놓는 연습을 하다 보니 요새는 당장 내일 죽는다 해도 별로 아쉬울 게 없다는 생각까지 들곤 한다.

죽음도 그다지 두렵지 않다면 망설일 게 뭐가 있을까? 불확실한 모험에 도전해본다 해도 괜찮지 않을까? 그동안 눈여겨보기만 했던 명상지도자 자격증을 따기 위해 뉴욕행 비행기 표를 끊어도 되지 않을까?

경험해야 할 것은
언젠가는 경험하게 된다

어느 날 선생님이 말했다.

"여러분이 깨달음을 목표로 명상을 수행했으면 좋겠습니다. 그렇다고 '꼭 깨달아야지' 하고 명상하라는 말은 아닙니다. 경험해야 할 것은 언젠가는 경험하게 됩니다. 그런 마음으로 수행하며 현존하시면 됩니다."

문득 선생님이 들려준 명상가 조셉 골드스타인^{Joseph Goldstein}의 경험담이 생각났다.

"조셉 골드스타인이 명상을 하다가 미간 사이에서 하얗게 빛나는 빛을 보았어요. 그 빛은 머리부터 온몸을 타고 내려와 휘감았고, 더할 수 없는 황홀감과 기쁨, 행복을 만끽했습니다. 명상을 마친 그는 또 그 경험을 하고 싶어서 밤낮 명상에 매달렸어요. 그렇게 열심히 노력한 결과, 석 달 만에 다시 그 경험을 했다고 합니다. 그런데 곧 후회했다고 해요. 아, 내가 헛된 짓을 했구나 하고요. 결국 일어날 일은 때가 되면 일어나게 되어 있다는 거죠.

명상을 할 때 겪는 일은 사람마다 다릅니다. 누구는 빛을 볼 수도 있고, 누구는 못 볼 수도 있습니다. 또 한 번 겪은 경험을 두 번 다시 못 할 수도 있습니다. 그러니까 그런 것에 마음을 쓸 필요가 없습니다. 경험할 일이라면 때가 되면 다 경험하게 되어 있습니다. 그런데 우리는 어떻죠? 언제 경험하나 하고 기다리죠. 기다림이 그 시간을 더 길게 만들진 않나요?"

내가 잘하는 아주 멍청한 일이었다. 어릴 때부터 원하는 것이 생기면 당장에 그것을 손에 넣어야 직성이 풀렸다. 기다리고 기다리다 제풀에 지쳐버려 막상 그 일이 이루어졌을

때는 별 감흥이 없다. 이미 또 다른 소원이 생겼기 때문이다. 그래서 소중한 소원이 이뤄졌음에도 나는 전혀 기쁨과 행복을 누리지 못했다.

'될 일은 때가 되면 된다.' 이 단순한 진리를 왜 믿지 못하고 아등바등하며 스스로 들들 볶으며 살아왔는지. 어차피 이루어질 일은 신경 쓰지 않아도 이뤄질 테니, 기다리는 동안 즐겁고 충실하게 보내면 좋았을 텐데. 이뤄지지 않을 일은 별 수를 써도 안 이뤄질 테니, 애걸복걸 진을 뺄 필요가 없었는데 말이다.

부처님이 한 말 중 가장 유명한 것은 '인생은 고통이다'가 아닐까 싶다. 내 생각에 이 말은 삶 자체가 고통스럽다는 뜻이라기보다는, 우리가 무언가를 끊임없이 추구하기 때문에 삶이 고통스럽게 느껴진다는 뜻인 듯하다. 욕망과 기대, 기다림이 삶을 고통스럽게 만드는 것이다. 미국 ABC 방송국의 간판 아나운서 댄 헤리스^{Dan Harris}가 쓴 《10% 행복 플러스》에 나온 구절을 보면 더욱 이해가 잘된다. 여기서도 앞서 소개한 조셉 골드스타인의 이야기가 나온다.

"그가 진정으로 의미했던 것은 '세상의 모든 일들은 지속되지 않기에 궁극적으로 불만족스럽고 신뢰할 수 없다."라는 것입니다."

살아가는 일이 힘든 이유는 충족되지 않는 기대와 거기에서 비롯된 스트레스 때문이라는 말이다. 생각해보면 그렇다. 아무런 기대 없이 그저 그 일을 하는 데에 의미를 두면 아무 갈등도 일어나지 않는다. 그냥 일을 하면 된다. 이런 때에는 몰입도 더 잘된다. 그러나 보상 없이 행동하기란 쉽지 않다. 나이를 먹을수록 더욱 그렇다. 아무런 보상도 없는 일에 힘을 쏟는 건 손해 보는 장사 같다. 어릴 때부터 경쟁에 익숙해진 우리는 매사 가성비를 따지면서 살아왔다. 노력 또는 투자 대비 성과가 좋은 일만 골라서 해도 짧은 인생이라고 여기면서.

나는 늘 다음 일들을 기대하며 그것을 현재를 버텨내는 버팀목으로 삼아 살아왔다. 바라던 일이 일어나면 그 일은 금세 과거로 지나가고, 다시 새롭게 맛볼 기쁨을 기다렸다. 내게 있어 인생은 기다림의 연속일 뿐이었다. 그렇기에 지금 일어나는 일에는 관심이 없었다. 관심 없는 일은 당연히 즐길 수가 없다. 과정 따윈 중요하지 않고, 그저 결과만 짠 하고 눈앞에 펼쳐지길 바랐다. 기대대로 일이 돌아가면 다행이지만, 그렇지 않으면 절망에 빠졌다.

작가 벤저민 하디Benjamin Hardy는 말했다.

"모든 것을 기대하되, 아무것도 집착하지 마라. 모든 가능성에 응한다면 집착할 일이 없다. 기대하는 일이 일어나지 않는다고 괴로워할 일도 없다. 어떠한 결과든 선물처럼 느낄 수 있다."

기대하지 않고 살아가는 데엔 여전히 서툴다. 의식하지 않아도 마음이 벌써 움직여버린다. 그때마다 기대를 내려놓는 연습을 한다.

"10년째 절을 짓고 있습니다만 언제 완성될지는 저도 모릅니다. 그저 '오직 할 뿐'입니다."

홀로 절을 짓는 무량 스님의 말처럼 나는 오늘도 그 어떤 것에도 마음 붙이지 않고 '오직 할 뿐'을 연습한다.

4장

내 삶의 균형을 찾고 싶을 때

평온함을 당연하게
받아들이는 연습

"그럼 도대체 뭐가 고민이에요?"

선아 씨가 내게 물었다. 명상원에서 만난 선아 씨와 근처 카페에서 대화를 나누던 중이었다. '그러게. 뭐가 그렇게 고민이지?' 선아 씨가 던진 물음에 나는 머쓱해졌다. 딱히 고민이랄 게 없었기 때문이다. 굳이 말하자면 이런 고민 없는 상태가 고민이라고나 할까?

13주 명상 과정이 끝나갈 무렵, 평온함이 일상이 되었다. 마음이 평상시보다 조용함을 알아챈 것은 7주에서 8주로 접어드는 시점이었다. 부침이 없진 않았지만, 가끔씩 요동치는 감정도 빠르게 사라졌다. 늘 머릿속을 무겁게 짓누르던 생각도 적어졌다. 떠오르는 생각도 반응하는 횟수가 줄어드니 더 이상 이어지지 않았다.

강의를 들으며 새로 일을 시작했는데 다른 사람들보다 잘되지 않는다. 그런데도 마음이 평온하다. 그러자 머릿속에서 경고음을 낸다. '위기감 부재 아니야? 너무 평화로운데? 고민해야 하는 거 아니냐고!' 이런 머릿속의 목소리가 선아 씨와의 대화에서 흘러나오고 있었다.

"당장 성과가 없어도 잘되고 있으니까 마음이 평온한 거 아닐까요?"

"글쎄요. 그건 아닌 거 같은데요. 하하."

"그래도 심적인 부담이 없다면 계획대로 꾸준히 하면 되잖아요."

맞는 말인데도 왠지 고민해야 할 것 같았고 너무 태평한 것 같은 의혹이 들었다.

선불교의 황금기를 닦았던 대주선사에게 한 제자가 물었다.

"스님도 도를 닦습니까?"

"닮지."

"어떻게요?"

"배고프면 먹고, 피곤하면 잔다."

"그거 남들도 다 하는데요?"

"아니지. 남들은 밥 먹을 때 잡생각하고, 잠잘 때 오만 고민에 빠지지."

강상구 작가가 쓴 《그때 장자를 만났다》에 나오는 구절이다. 카페에서 나도 괜히 오만 고민에 빠져 있었다. 말 그대로 사서 걱정하고 있었던 것이다. 왜 마음의 평화를 온전히 즐기지 못할까? 걱정만 없으면 정말 자유로울 거 같았는데, 걱정이 없어진 게 또 고민이라니!

몸이 그렇듯 마음 또한 숱한 습관들로 이루어져 있기에 자동으로 반응하는 경향이 있다. 마음챙김 명상을 하다 보면 습관적인 생각이 보인다. 생각만 그런 줄 알았는데 감정 역시 습관적으로 생겨남을 깨닫게 되었다. 생각이 감정을 일으키니 어찌 보면 당연한 일인가?

나는 안타깝게도 낙천적이지 못한 성품을 타고 나서 걱정,

고민, 화남, 짜증, 괴로움, 질투, 부러움 같은 부정적 감정에 자주 휘둘려왔다. 심리학자들의 발표에 따르면, 인간은 긍정적인 사고를 가지려고 일부러 노력하지 않으면 70~80퍼센트는 부정적 발상을 본능적으로 하게 된다고 한다. 내가 딱히 특이한 유형은 아니라는 데 잠시 위로받는다. 어쨌든 우리가 자동으로 휩싸이는 부정적 감정들 가운데 가장 강력한 건 걱정 또는 고민 아닐까?

"너무 행복해서 불안해." 드라마에서 종종 나오는 이런 대사를 들으면 늘 고개를 갸우뚱했다. '장난해? 행복하면 좋지 뭐가 불안해?' 그다지 행복감을 느껴보지 못하고 늘 미래가 불안하고 걱정이던 내게 이런 말들은 복에 겨운 투정으로밖에 보이지 않았다.

그러나 막상 내가 평온한 마음 상태가 되자 불안이 은근히 밀려왔다. 미래를 지나치게 낙관하지는 않는지, 동기부여가 없지는 않은지, 불시에 삶에게 뒤통수를 맞지나 않을지. 혹시 모를 미래의 불행에 대해 준비해야 하지 않겠느냐고 내 마음속 목소리가 끊임없이 경종을 울려댔다. '그만! 이건 예전 습관일 뿐이야.' 알아채지 않는다면 또다시 생각에 침몰하고 말 것이다.

 평온할 때도 생각이 비집고 나타나 마음을 헤집을 때가 있다. 의식하지 못하면 마음은 다시 요동칠 것이다. 이 평온함을 당연하게 받아들여야겠다. 이 상태에 내 마음이 단단히 길들여지도록 해야겠다. 생각에 더 이상 속박되지 않도록.

여름의 끝자락에서

　지난여름은 '백 년 만의 폭염'이라는 표현대로 무척 무더웠다. 만나는 사람마다 "오늘 너무 덥지 않아요?" 하고 말했다. 그런데 나는 그다지 덥게 느껴지지 않았다. 안 더웠다는 건 아니다. 나도 몹시 더웠다. 하지만 더위를 크게 의식하지 않고 지냈다. 여름에 더운 것을 당연하게 받아들였다. 그러니 "더워"라는 말을 내뱉은 적이 손가락으로 꼽을 정도로 몇 번 없다.

　아빠는 더위를 많이 탄다. 에어컨을 틀어놓고도 계속 덥다고 한다. 연세 때문에 여름 더위가 더 혹독하게 다가왔겠지만, 푸념의 정도가 좀 심하다. 잠깐 더운 것도, 이마에 살짝 땀 맺히는 것도 못 견뎌 했다.

명상원 선생님은 불교 신자다. 살생을 하지 않으니 모기도 살려준다.

하루는 명상을 하는데 왱 하고 모기 소리가 들렸다. 다른 사람들은 미동도 하지 않는데 내 머릿속은 금세 모기 생각으로 가득 찼다. 남들보다 모기에 더 잘 물리는 편이어서 긴장하지 않을 수 없었다. 급기야 손을 저어 쫓아봤다. 호흡에 집중해야 하는데 모기에 물리지 않으려 필사적이었다. 갑자기 뜨끔하더니 손이 가려워지기 시작했다. 결국 한 방 물리고 말았다. 그동안 애써 쫓은 보람도 없이.

물리고 나니 그제야 포기하고 호흡에 다시 집중할 수 있었다. 모기 소리는 드문드문 나더니 이내 조용해졌다. 머릿속에서 왱왱대던 모기 생각도 사라졌다.

나는 지난여름에 더위를 피하려 애쓰지 않았다. '덥다'는 말을 반복하며 어떻게든 더위를 피해보려 하지 않았다. 그럴수록 생각에 집착하게 되어 더위를 더 느끼게 되니까. 피하고자 하는 마음이 강할수록 그것을 느끼는 시간이 길게 느껴진다. 저항하는 마음을 접고 상황을 받아들이면 갈등이 사라지고 어떤 상황이든 괜찮아진다. 적어도 견딜만 해진다.

여름에 더운 것은 당연하다. 더우면 땀이 나는 것도 당연하다. 모두 당연하다 받아들이니 무더위가 극성스레 느껴지지 않았다. 그저 자연스럽게 느껴졌다. 후끈 달아오른 열기 속에서도 살짝 미풍이 불어오면 고마웠다.

기술이 발달하고 살기 편해질수록 자연스러움을 받아들이는 게 힘들어진다. 한여름에도 에어컨 덕에 땀을 흘리지 않는 게 당연하고, 한겨울에는 빵빵한 난방 덕에 실내에서는 얇은 옷을 입는 일이 자연스러워진다. 그럴수록 우리는 매해 최고 더위를 갱신하는 여름만을 맞이할지도 모른다.

문득 모든 계절을 충실히 겪어보고 싶다는 생각이 들었다. 자연이 주는 계절의 오감을 온전히 즐기며 살아가고 싶다.

익숙한 것들에
안녕을 고해야 할 때

단출하게 짐을 꾸려 어딘가로 훌쩍 떠나는 사람들을 보면 부럽다. 나는 그 '단출하게'가 잘되지 않으니까. 집을 떠나 어딘가에서 잠을 자고 오는 일이 참으로 불편하다. 잠자리부터 화장실 문제, 음식, 옷, 샤워용품, 화장품 등 챙기고 걱정해야 할 게 한두 가지가 아니다. 그렇다 보니 여행이라 하면, 설렘보다 피곤함이 먼저 떠오른다. 혼자는 편하지만 심심하고, 함께는 아무래도 불편할 것 같아 망설인다. 그래서 항상 마음만 먹는다. 언젠가 일이 잘 풀리면 집처럼 편하게 지낼 수 있는 곳으로 떠나야지 하고.

편안함을 포기하는 일은 어렵다. 안락함을 위해 얼마나 많은 시간과 돈, 노력을 들이고 있는가? 우리는 낯선 곳에 가야 할 때 불편함을 미리 방지하기 위해 많은 정보를 검색하고, 필요 물품을 구매하며, 행동 계획을 짠다. 어떻게든 어디서든 편안하고 안락하기를 바라면서.

지난여름 강의 듣는 곳에서 1박 2일 단체 워크샵을 다녀왔다. 하필 강의가 끝난 뒤에 바로 가야 해서 노트북을 비롯해 짐이 많았다. 하룻밤 자는 일 때문에 부랴부랴 휴대 제품을 구입하고 싶지 않아서, 고민 끝에 무거운 짐은 다 놓고 가기로 했다. 화장품은 스킨과 선크림, BB크림만, 옷은 잠옷만 준비했다. 샤워용품은 비치되어 있는 걸 쓰기로 했다.

그런데 한 번도 말을 해보지 않은 분과 방을 함께 쓰게 됐다. 전혀 모르는 사람과 밤을 보낼 생각에 올라오는 저항감을 '나는 모른다'며 계속 흘려보냈다.

걱정이 무색할 만큼, 나와 같은 방을 쓴 분은 아주 유쾌한 마흔아홉 살 사장님이었다. 사업을 시작한 지 5년 만에 직원 백여 명을 거느리고 신사옥을 짓고 있는 성공한 사업가

이기도 했다. 우리는 밤새 얘기하다 새벽 3시 반에야 잠이 들었다. 함께 방을 쓰는 데 불편함은 전혀 없었다.

비치된 샤워용품이라곤 사용 흔적이 있는 비누뿐이었지만 한 번쯤 누군가 쓰던 비누로 샤워를 해도 전혀 이상이 없었다. 아침은 가지고 간 통밀 빵으로 해결했다. 환경이 변해서 화장실 사용이 불편했던 점만 빼고는 다 괜찮았다.

물론 처음으로 사람들 앞에 민낯을 보이는 게 어렵긴 했다. 하지만 사람들은 내가 의식하는 만큼 내 외모에 관심이 없다는 걸 잘 안다. 혼자 의식할 뿐이다. 안락함을 포기하니 훨씬 자유롭고 홀가분했다.

한국에 들어와 부모님과 함께 산 지도 벌써 여러 해가 지났다. 내가 나가면 부모님이 어떻게 생활할지 걱정되어서 선뜻 나가 살지 못한다고 생각했다. 하지만 최근 들어 괜찮을지도 모른다는 생각이 들기 시작했다. 내가 독립하면 부모님도 나름대로 살 방도를 구할 것이다. 그런데도 계속 같이 사는 이유는 뭘까?

어느새 부모님과 사는 것에 익숙해져버렸다. 혼자 살던 때의 자유가 그리우면서도 부모님이 주는 심리적인 안정감,

생활의 편안함에 길들었다. 그 안정감에서 벗어나는 것에 대한 불안감에 자꾸 미루고 있다는 것을 깨달았다.

나는 부모님과 생활습관이 거의 반대다. 그런데 이 또한 몇 년을 함께 살다 보니 익숙해졌다. 서로 취향이 다른 점에 큰 불편을 못 느낀다. 아니, 불편하더라도 쉽게 묵인하게 되었다. 집안일을 대부분 엄마가 해주니 그만큼 나태해지는 것도 사실이다.

이런 안정감과 더불어, 내가 나가면 부모님이 나를 미워하지 않을까 하는 불안과 죄책감이 여전히 무의식에 있음을 깨달았다. 더 이상 경제활동을 하기 어려운 부모님을 내가 외면하는 것처럼 느끼고 있다. 이런 감정은 IMF 여파로 집 형편이 가장 힘들 때, 혼자서 일본으로 갔던 때를 자동 연상시켰다. 그때와 지금은 상황이 다르고, 내가 나가도 별다른 일이 일어나지 않을 것임을 알면서도 마음은 내 발목을 자꾸 붙잡는다.

하지만 이제 익숙한 것들에 안녕을 고해야 한다. 나와 부모님 모두를 위해서. 같이 사는 기간이 오래될수록 서로에 대한 의존도는 높아져갈 것이다. 어떠한 관계든 각자가 정신적으로나 경제적으로 독립되어 살 때 건강해질 수 있음을 경험으로 알고 있다. 부모 자식 관계라고 예외일 수는 없다. 부모와 자식도 서로 그리워해야 사이가 더 좋아지고 더 존중해준다.

이제는 이 편안함에게 안녕을 고해야 할 때다.

하루를 깨우는 커피 명상법

두 시간 반 동안 진행되는 명상 도중에 15분 휴식시간을 갖는다. 이때 우리는 선생님이 준비해 온 간식을 즐기기도 하고, 요가 강사인 케이트와 함께 간단한 스트레칭을 하기도 한다. 통증클리닉 원장님이 최대한 편하게 명상할 수 있는 바른 자세를 가르쳐주기도 한다.

휴식시간에 스님과 함께 차 명상을 한 적이 있다. 내가 다니는 삼청동 명상원에는 명상을 하러 오시는 스님들이 꽤 있다. 그런 스님 중에 한 분이 한국에서는 구하기 힘들다는 귀한 차를 다기와 함께 가져와서 다 함께 차 명상을 했다.

스님은 끓인 물을 물 식힘 사발에 따라 그 물을 다시 찻주전자와 찻잔에 따랐다. 찻잔의 온도를 일정하게 유지하기 위해서다. 찻주전자에 차를 담고 다시 물 식힘 사발에 물을 담아 찻주전자에 부었다. 뚜껑을 닫고 차를 우리는 동안 찻잔에 담은 물을 퇴수기에 버렸다. 우러난 차를 사람들 수대로 반씩 번갈아 가며 찻잔에 따랐다. 차의 농도를 일정하게 맞추기 위함이다.

"차를 마실 때는 오직 저와 차만 있을 뿐입니다. 나머지 세상은 모두 해체됩니다. 미래에 대한 걱정이 사라지고, 과거의 실수에 집착하지도 않습니다.

리사 리처드슨Lisa Richardson이 쓴 《차 상식사전》에 나온 틱낫한 스님의 차 명상에 대한 이야기다. 차와 나 자신이 하나가 되다니, 얼마나 멋진 일인가?

나는 차를 좋아한다. 녹차는 물론이고 국화차, 수국차 같은 꽃차나 루이보스, 히비스커스 같은 허브티도 좋아한다.

하지만 늘 일하면서 마시느라 차와 내가 하나가 되는 시간을 가져본 적은 없다.

매일 아침 커피를 마신다. 누군가와 카페에서 만날 약속이 있지 않는 한, 아침 커피 한 잔이 내가 하루에 마시는 커피의 전부다. 이탈리아에서는 에스프레소를 마셨는데, 집에서 만들어 먹기 어려워서 당도 줄일 겸 편리한 인스턴트 아메리카노를 마신다.

아침에 차를 마신다면 좋겠지만 모닝커피는 포기하기가 쉽지 않다. 그래서 차선으로 택한 게 모닝커피 명상이다. 차 명상을 가르쳐준 스님도 커피를 마실 때 해도 좋다고 했다. 물론 차처럼 번거로운 준비 과정은 없다. 전기포트에 물을 끓이는 게 전부다. 그래도 포트에 물을 담고 스위치를 켜고, 물이 끓어올라 수증기를 내뿜은 후 불이 꺼질 때까지 모든 과정에 오롯이 집중해본다. 이런저런 생각이 들지만 반응하지 않는다.

커피를 머그컵에 담아 조용히 내 방으로 들어온다. 완벽히 소음을 차단할 수는 없지만 문을 닫는 순간 나와 커피만의 세상이 열린다. 책상 위에 머그컵을 놓고 의자에 앉아 차분히 마음을 가라앉힌다. 처음 한 모금은 조금 적게 커피를 머금으며 입 안에 스며드는 감각을 느끼고, 삼켰을 때 목을 타고 내려가 온몸에 퍼져나가는 것을 바라본다. 스님이 차 명상을 할 때 가르쳐준 것을 커피를 마실 때도 흉내 내어본다.

한 모금 머금은 커피가 식도를 타고 온몸에 퍼지기도 전에 다시 한 모금 머금고 싶다는 욕구가 올라온다. 그 마음을 알아차리고 다시 커피 마시기에 집중한다. 커피를 마실 때마다 느껴지는 감각을 알아차릴 때도 있고, 마실 때마다 떠오르는 생각이나 감정을 알아차릴 때도 있다. 마음이 휴대전화로 가려 할 때가 많지만 이 시간만큼은 커피에만 집중한다.

나와 커피만이 존재하는 고요한 아침이다.

마인드풀 모닝 루틴

커피 명상

1. 커피를 준비하는 과정부터 집중한다.

원두커피든 인스턴트커피든 마시려면 준비를 해야 한다. 어떤 커피를 선택하든 준비하는 동안에 온전히 집중하며 몸의 감각들을 느끼고, 호흡에 집중하며 마음을 알아차린다.

2. 마시기 전에 차분히 마음을 가라앉힌다.

마음에 드는 잔에 커피를 따르자. 그런 뒤 탁자 위에 커피 잔을 놓고 의자에 앉아 잠시 마음을 차분히 가라앉힌다.

3. 첫 모금은 적게 마신다.

처음 한 모금은 조금 적게 커피를 머금으며 입 안에 스며드는 감각에 집중한다. 그러고 나서 삼키면서 커피가 목을 타고 내려가 온몸에 퍼져나가는 감각에 집중한다.

4. 한 모금씩 마시면서 몸과 마음에 일어나는 것들을 알아차린다. 커피를 마실 때마다 느껴지는 몸의 감각이나 떠오르는 생각과 감정을 알아차린다.

자극 없는 시간을 즐기는 법

　　행복한 인생이란 대부분 조용한 인생이다. 진정한 기쁨은
조용한 분위기 속에만 깃들기 때문이다.

　　버트런드 러셀Bertrand Russell이 쓴《행복의 정복》에 나오는
구절이다.

　　외진 곳에 있는 작은 집에서 홀로 며칠간 고립된 생활을
하는 〈숲 속의 작은 집〉이란 텔레비전 프로그램이 있었다.
나영석 PD가 연출하고 배우 소지섭과 박신혜가 출연해 화

제가 되었는데 소지섭 씨가 인터뷰에서 한 이야기가 인상 깊었다.

"일단 기분이 좋고, 도시의 소리가 안 들려서 제일 좋다. 기분 좋은 소리가 들린다. 어떤 소리도 기분이 나빠지거나 스트레스를 주지 않는다."

나도 명상을 하면서 종종 기분 좋은 소리를 듣는다. 마음이 오롯이 '지금 여기'에 있어야만 들리는 소리들이다. 사과를 사각사각 깎는 소리, 창문에 살짝 살짝 부딪치는 바람 소리, 이름 모를 새가 지저귀는 소리. 바깥보다 내 마음속이 고요해야 들을 수 있는 그런 소리들. 자애 명상이 끝나는 넷째 주 명상 시간에는 여치 울음소리를 들었다. 삼청동 한복판에서 여치 소리를 들을 줄이야.

내 마음이 고요할 때는 같은 소리를 들어도 소음으로 느껴지지 않는다. 듣기 좋은 새소리나 시끄러운 자동차 엔진 소리나 그저 하나의 소리로 들릴 뿐이다. 명상원에 있으면 개 짖는 소리, 동네 사람들이 와자지껄 떠들며 웃는 소리, 악기 연주 소리 등이 간혹 들리는데, 명상에 그리 방해되지 않는다. 희한하다.

〈숲 속의 작은 집〉과 함께 노르웨이 공영방송 NRK의 〈슬로우 TV〉라는 프로그램도 화제였다. 베르겐-오슬로 구간 기차가 달리는 모습, 여덟 시간 동안 장작불이 타는 모습, 아홉 시간 동안 스웨터 뜨는 과정과 같은 지루하다 못해 방송 사고인가 싶은 내용으로 이루어진 프로그램이라 한다. 그럼에도 불구하고 시청률이 최고 36퍼센트까지 나왔다니 현대인들이 원하는 것이 무엇인지 간접적으로 알 수 있다.

우리나라의 〈숲 속의 작은 집〉은 흥행에 실패했다지만 웃음 대신 '행복 실험'을 소재로 과감한 도전을 시도했다는 사실 자체에 박수를 보내고 싶다. 사람들은 자극에 길들여져 아무것도 하지 않고서 몇 분도 견디기 힘들어한다. 지하철에 타면 열에 아홉은 휴대전화를 들여다보고 있다. 예능 프로그램이나 영화를 보거나 카카오톡, 인스타그램, 유튜브 같은 것에 몰두해 있다. 딱히 볼 것이 없는데도 이리저리 획획 돌려가며 끊임없이 본다. 휴대전화를 들여다보지 않는 사람은 잠을 잔다. 아무것도 하지 않고 가만히 앉아서 가는 사람은 거의 없다.

혼자 있을 때는 그렇다 쳐도, 일행이 있어도 별반 다르지 않다는 점이 놀랍다. 친구와 있어도 시선은 각자 휴대전화에 둔 채로 이야기를 나눈다. 연인들이 데이트하는 풍경도 비슷하다. 분위기 좋은 카페에서 커피를 앞에 두고 마주 앉아, 서로의 눈이 아닌 각자 휴대전화 화면을 뚫어져라 쳐다보고 있다.

명상을 한 뒤로 아무런 자극 없는 시간을 즐기게 되었다. 심심한 평화를 알아가고 있다. 가끔은 휴대전화를 멀리 두고, 음악도 듣지 않고, 책을 읽지도 않고, 생각을 쫓지도 않으면서 가만히 있는다. 조용히 시간 속에 머물면 온갖 소리들이 들려오기 시작한다. 굳이 나를 재미있게 해줄 자극을 찾지 않아도 자연스레 들려오는 소리들이 신선한 자극이 된다.

가만히 앉아 멍하니 하늘을 쳐다보는 것도 좋다. 천천히 형태가 바뀌어가는 구름을 바라본다. 꽃과 나무, 햇살이 만들어내는 기막힌 색의 조합을 감상하는 일도 즐겁다. 노을이 질 때 하늘에 번지는 갖가지 색상 변화는 황홀하기까지 하다.

어느 집에서 빨래를 돌리는지 연한 섬유 유연제 향이 바람을 타고 콧속으로 스며든다. 촉촉이 바닥을 적시는 부슬비의 냄새와 소리는 또 어떤가? 인위적인 자극 없이도 시각, 후각, 청각이 만족한다. 살갗에 종종 닿는 바람의 감촉을 느끼며 차 한 잔을 마시면 오감이 온전히 충족된다. 기분이 나빠지거나 스트레스를 주지 않는 자극들이다.

우리는 모두 마음 한구석에서 숲속의 작은 집을 꿈꾸고 있는지 모른다. 그러나 완전한 고립이 아니어도 원한다면 언제 어디서든지 자극에서 해방되어 홀로 고요한 만족을 누릴 수 있다.

평생 인간의 죽음을 연구했던 엘리자베스 퀴블러 로스 Elizabeth kubler Ross 는 이렇게 말했다.

"평안을 얻게 하기 위해 인도나 다른 곳에 갈 필요가 없어요. 자신의 방이나 정원, 심지어 욕조에서도 그토록 심오한 침묵의 장소를 발견할 수 있습니다."

한국만 떠나면 행복할 줄 알았다

어린 시절 당시 최고 전성기를 누리던 DJ 김광한 아저씨가 진행하는 팝송 프로그램에서 영국 밴드 듀란 듀란을 알게 되었다. 베이스 기타를 연주하는 존 테일러가 어찌나 멋지던지! 무작정 영국에 가고 싶었다. 조금 더 자라서 중고등학생 때는 록 음악에 심취해 본고장에 가보고 싶은 열망이 생겼고, 성인이 되어서는 갑갑한 현실에서 벗어나 새로운 곳에서 다시 시작하고 싶었다. 그리고 마침내 20대 중반에 외국으로 떠날 기회를 잡았다.

새로운 나라에 처음 도착하자 모든 게 새롭고 신기했다. 흥분과 설렘, 때로는 불안에 휩싸이기도 했다. 길과 표지판, 언어와 얼굴들이 모두 낯설고 익숙한 것은 하나도 없었다. 나를 아는 사람도 없었다. 모든 것이 낯선 이곳이야말로 내가 새로 태어날 수 있는 곳이라 생각했다. 환경을 바꾸면 내가 쓰고 있던 오래된 껍질을 벗을 수 있을 거라고 단순히 믿었다.

그런데 하루이틀 시간이 지나면서 결국 전과 똑같은 모습으로 생활하는 나를 발견하게 되었다. 완전히 새로운 곳에 있었지만 한국에서와 같은 방식으로 살았고, 여전히 행복하지 않았다. 함께 어울리는 사람들만 달라졌을 뿐 똑같은 지점에서 웃고, 울고, 짜증내고 실망하며 살아갔다. 이방인으로서 정신적으로나 물질적으로 정착할 곳을 찾기란 생각만큼 쉽지 않았다. 삶은 다시 시시해졌고, 매일같이 지루한 일상이 반복되었다. 몇 년이 지나면 또 다른 새로운 곳을 갈망했다. 이번에는 꼭 다시 태어날 수 있기를 바라며.

"외국에 가면 도대체 어떤 사람이 될 거라 생각했어?" 하고 누군가가 묻는다면, 글쎄 딱히 떠오르는 대답은 없다. 어렴풋이 지금까지의 나와는 전혀 다른, 반짝반짝 빛나고 어디서나 당당한 에너지가 넘치는 사람이 되어 있으리라 믿었다.

어려서부터 어디에도 온전히 소속감을 느끼지 못한 채로, 늘 사람들 곁을 맴도는 것 같았다. 그래서 내가 동경하던 곳에만 가면 나와 잘 맞는 사람들과 관계를 맺고 진심으로 교감하며 살 수 있으리라 근거 없이 믿었다.

뜻하지 않게 귀국한 뒤에도 다시 외국으로 나가고 싶었다. 계획도 없이 돌아와 방구석에만 있는 나는 내가 바라는 이미지가 아니었다. '이번에는 뉴욕으로 갈 거야.' 가보지 않은 미지의 도시를 다시 갈망했다. 그래서 거의 2년이 다 지나도록 가방 안에 짐 몇 개를 계속 넣어뒀다. 언제든 준비만 되면 떠나려고.

그렇게 몇 년이 흘렀다. 누군가 지금도 외국에 가고 싶냐고 묻는다면 내 대답은 '모르겠다'이다. 가도 좋고 안 가도 좋다. 아이러니하게도 행복하지 않다는 생각을 멈춘 건 내가 참으로 싫어했던 한국에서다. 명상을 하고 난 뒤로, 그토록 벗어나고 싶던 장소에서 나는 마음의 평화를 얻었다.

"생각을 바꾸면, 세상이 바뀐다."

Change your thoughts, change your world.

내가 변하면 현실이 바뀐다. 수도 없이 많이 들은 말들이
지만 제대로 이해한 적이 없었다. 불행하고 빛나지 못하는
이유를 바깥에서만 찾았기 때문이다. 그러나 명상을 통해 생
각과 마음에 반응하지 않고, 판단에 응하지 않으며 계속 놓
아버리는 연습을 하다 보니 이제는 이 말들이 이해가 된다.

밖에서 사람들과 교감하고 집단에서 정체성을 찾으려는
노력을 그만뒀다. 그러자 경계선을 걷는 느낌이 사라졌다.
혼자 있는 것이 완벽하게 괜찮아졌다. 존재 의미를 이제는
밖이 아닌 내 안에서 찾는다. 안으로 들어올수록 자신에 대
해 더 민감해지고, 바깥 일에는 초연해질 수 있다.

지금 있는 곳을 지옥이라 생각하고 그 생각에 집착하면
내가 있는 곳은 세상에서 가장 불행한 곳이 될 수밖에 없다.
어디를 가도 똑같다. 어떤 환경에도 결국 익숙해져버리는
게 인간이니까. 틀림없이 마음은 수시로 변덕을 부릴 것이
다. '싫다'는 마음을 놓아주는 방법뿐이다. 좋아지지 않는다
면 억지로 좋아할 필요는 없다. 그저 '싫다'는 생각만 놓아

도 숨 쉴 만하다.

　나의 삶은 내가 어디를 가든지 항상 있다. 주위 자극에
어떻게 반응하는가에 따라 나의 삶이 만들어진다. 내가 변
하지 않는다면 세계 어디를 가든 예전의 '나'를 이어갈 뿐
이다.
　그러니 장소가 바뀌지 않아도 괜찮다. 어느 곳이든 지금
내가 있는 곳이 파라다이스가 될 수 있다.

돈이 많다고
자유로워지지는 않는다

"돈에 대한 집착만 놓으면 해탈할 수 있을 거 같은데."

언젠가 친구에게 이렇게 농을 쳤다. 내려놓고 또 내려놓아도, 결코 내려놓을 수 없는 것 중 하나가 바로 돈이다.

나는 돈을 좋아한다. 다들 그렇겠지만, 나는 공공연하게 돈을 좋아한다고 떠벌리고 다닐 정도다. 그런 사람치고는 부끄럽게도 돈을 잘 못 벌고 있기는 하지만.

도스토예프스키는 《죽음의 집의 기록》에서 '돈은 주조된 자유다' 하고 말했다. 나 역시 줄곧 그렇게 생각해왔다. 돈을 많이 벌고 싶은 이유는 저마다 다를 것이다. 내가 돈을 좋아하는 이유는 돈이 많을수록 자유로워지고, 원하는 대로 경험해볼 수 있게 된다고 믿었기 때문이다.

얼마 전, 일본의 마흔두 살의 억만장자가 민간인 최초로 달나라에 가게 됐다는 기사를 봤다. 부자는 원한다면 언제든지 서민 체험이 가능하지만, 서민이 원한다고 달나라에 갈 수는 없다. 돈이 부족할수록 경험의 다양성이 적어지고 자유도 적어진다. 그래서 나는 돈을 되도록 많이 벌고 싶었다.

"얼마를 벌면 만족할 건데?" 친구의 물음에 "글쎄 백 억, 아니 5백 억 정도는 있어야 살 만하지 않을까?" 하고 대답했다. 이왕이면 천 억이 더 좋지 않을까? 세계적인 축구선수 크리스티아누 호날두는 스포츠 브랜드 나이키와 1조 천5백 억에 종신계약을 했다. 그러니 천 억도 너무 소시민적이다. 꿈은 클수록 좋다지 않는가?

사업을 하고 1년 4개월 만에 2억이 좀 안 되는 돈을 벌었다. 일하는 동안 나는 자유로웠는가? 되짚어보면 그렇지 않았다. 처음 석 달은 일하느라 꼬박 집에만 있었다. 혼자 하다 보니 일이 너무 많아 외출이 전혀 불가능했다. 일이 자리를 잡은 뒤에는 고객들 취향에만 맞추느라 재미가 없었다. 계획보다 빨리 사업을 접게 된 이유 중 하나가 바로 이 점에 있었다.

돈을 번 다음에는 자유로웠나? 그것도 아니다. 가족과 주변 사람들의 기대가 부담이 되어 스스로 힘이 엄청 들어가버렸다. 처음 시작할 때처럼 가벼운 마음으로 일을 할 수가 없었다. '실패하면 안 돼.', '저번보다 더 성공해야 해. 그렇지 않으면 의미가 없어!' 이런 마음이다 보니 자신 없는 부분이 조금만 있어도 포기해버렸다. 모든 게 더 조심스러웠고 무언가에 갇힌 느낌이었다.

돈이 많으면 마음에 여유가 생기는 것은 사실이다. 충분한 돈이 있을 때 우리는 기본적인 생리 욕구를 충족시킬 수 있다. 그런 뒤에야 자신감과 성취감 같은 보다 수준 높은 욕구에 집중할 수 있다. 당장에 먹을 것이나 잠 잘 곳을 걱정하면서 더 높은 목표를 추구할 여유는 없다. 하지만 돈이 아무리 많아도 그것에 집착하면 몸은 자유로워도 마음은 전혀 자유롭지 못하다.

일본에서 달랑 트렁크 가방 하나만 갖고 살 때의 홀가분함을 잊을 수가 없다. 경제적으로 풍족하지 않았지만, 마음으로는 가장 자유로웠던 시기였다. 선택지가 없으니 고민할 필요도 없이 자연스레 주어지는 것들을 받아들였다. 그리고 대부분은 좋은 인연과 추억으로 남았다. 어쩌면 젊어서 가능했던 일일지도 모른다.

중요한 건 돈의 액수가 아니다. 돈에 구애받지 않고 자유로울 수 있는지가 정말로 중요하다. 세상의 편리를 즐기되 그것에 집착하지 않는 마음이 자유를 가져다준다.

더 많은 경험과 자유를 위해 돈을 원하지만, 억만장자가 되어도 내가 달나라에 여행 갈 일은 없을 것 같다. 시대가 좋아져서 마음만 먹는다면 부자가 아니어도 웬만한 곳은 다 가볼 수 있다. 매일같이 고급 음식점 요리를 맛볼 필요도 없다. 매일 여행하고 싶은 생각도 없다. 여행이 일상이 된다면 금세 시들해질 게 뻔하다. 막상 5백 억이 있다 한들 당장 무엇을 하고 싶은지 떠오르지 않는다. 그저 어떤 상황이 닥쳐도 끄떡없을 만큼 나를 안전하게 보호해줄 수 있는 무언가가 필요했던 것 아닐까?

결국 돈을 갈망하는 마음의 뿌리는 두려움이다. 그러나 아무리 돈이 많아도 삶은 언제나 뜻하지 않는 상황들을 던져준다. 모든 일을 감싸는 완벽한 대비란 있을 수가 없다. 1조원이 넘는 광고 계약금을 받는다 해도 그 돈이 호날두를 죽음으로부터 영원토록 지켜주지는 못하듯이.

마음에 드는 작은 단독 주택에 살면서 소박하지만 건강한 음식을 해 먹고, 작은 골목들이 이어져 배회하는 재미가 있는 동네에 산다면 그걸로 족하지 않을까 하는 생각이 든다. 오전에 일어나 요가를 하고, 잠시 할 일을 한 뒤 손수 만든 건강한 식사를 하고, 저녁에는 주변 사람들과 차 한 잔을 하며 담소를 나누는 일상. 사회의 기준이 아닌, 진정으로 내가 필요한 것들이 충족되는 삶. 그것만으로 행복할 수 있지 않을까?

백만장자의 꿈을 아주 놓은 건 아니지만 가끔은 '어찌 되도 좋아'라는 생각이 든다.

명상원이 운동센터처럼
많아졌으면 좋겠어

어느 봄날 화창한 토요일 오후, 오랜만에 연남동으로 향했다. '음악 명상'에 참여하기 위해서였다. 일종의 명상 맛보기 같은 이벤트였지만, 명상에 관심이 있는 다른 사람들과 대화할 수 있는 기회여서 참여했다.

명상원을 다닌 지 몇 달이나 되었지만, 종종 명상이 외롭게 느껴지곤 했다. 내가 다니는 명상원에서는 사람들끼리 대화를 나눌 기회가 적다. 물론 명상이 주된 목적이긴 하지만, 공통의 관심사를 가진 사람들과 보다 더 활발하게 소통하는 자리가 있었음 했다.

도착해보니 20~30대 여성들뿐이다. 명상에 관심 갖는 사람은 주로 30~40대 여성이라는 미국의 조사 결과를 본 적이 있다. 하지만 내가 다니는 명상원에서는 남성 여성 비율이 반반이기에 젊은 여성들만 모여 있는 광경이 흥미로웠다.

참여자들은 명상지도사의 즉흥 연주를 들으며 편안히 누운 채 명상하기도 하고, 몸 전체를 손으로 두드리며 풀어주기도 했다. 몸의 감각에 집중해보기도 하고 알아차림 명상을 하기도 했다. 시간이 짧아서 명상을 종류대로 하나씩 제대로 하기는 힘들어도 주말 오후에 사람들과 명상하는 것만으로도 치유되는 느낌이었다.

명상이 끝나고 1시간 30분 정도 서로 질문하고 대답하는 시간을 가졌다. 혼자 명상하면서 나도 궁금했던 부분을 질문하는 분도 있었고, 내가 미처 생각지 못했지만 내게도 아주 큰 도움이 된 중요한 질문을 해주신 분도 있었다.

저마다 직업도 다르고 명상 수준도 달랐지만, 비슷한 고민들을 같은 방식으로 풀어나가려 하는 사람들을 보면서 안도감을 느꼈다. 때로는 내 또래 사람들이 나와 비슷한 문제로 고민하며 살아간다는 사실을 아는 것만으로도 힘이 될 때가 있다. 더 나아가 그런 문제들을 나와 비슷한 방법으로 해결해나가며 답을 찾는 사람들이 존재함을 알게 되면, 위로를 넘어 한 걸음 내디딜 수 있는 용기가 생긴다.

"나는 지금보다 훨씬 많은 사람들이 명상을 해야 한다고 생각해."

언젠가 명상이 끝나고 내려가는 길에 케이트가 이렇게 말한 적이 있다.

"미국은 이미 많은 사람들이 명상에 관심을 갖고 있지 않아?"

"아니야, 아직도 부족해."

미국이 아직도 부족하다면 우리나라는 얼마나 부족한 걸까? 동양에서 시작된 명상은 오히려 서양에서 큰 인기다. 명상원에도 케이트 외에 스탠이란 러시아인이 명상을 하러 온다. 외국 사람들이 명상을 더 쉽게 생각하고 가르치고 경험하는 것 같다. 그리고 외국에는 명상을 배울 곳이 여기저기에 많아서 우리나라에 비해서 훨씬 더 쉽게 명상을 시작하고 이어갈 수 있다. 명상을 하려면 마을버스와 전철을 갈아

타야 하는 나로선 꽤나 부러운 일이다.

"공동 창업한 회사를 떠나, 전 세계로 2년 반 동안 여행을
갔어요. 미얀마에서 피지, 시칠리아 섬에서 떨어져 나온 아주
작은 섬과 그 사이에 있는 모든 곳을 즐겼죠. 나는 또한 명상
에 빠졌어요. 처음 수행하는 동안 뇌의 변화를 느낄 수 있었어
요. 더 자비롭고 더 나은 사람, 좀 더 나답게 된 것을 느꼈어요.
이 수행을 통해 조금 더 나은 내가 될 수 있다고 생각해요. 모
든 사람이 이런 즐거움을 가져야 하지만, 나처럼 힘든 여정을
겪을 필요는 없죠."

블립 TV를 공동 창업하고, 지금은 뉴욕에서 패스^{The Path}라
는 명상 서비스 기업을 운영 중인 디나 카플란^{Dina Kaplan}이 인
터뷰에서 한 말이다. 완전 공감한다. 명상 앱이 있긴 하지만
혼자 앱을 이용하여 명상을 하는 것과 센터에 가서 하는 것
은 큰 차이가 있다. 뉴욕이나 런던에는 시간에 맞춰 이동하
며 명상할 수 있는 명상 버스도 있다.

주 52시간 근무제 실시 이후, 자기 관리를 위해 운동을

갑자기 훅하고 부는
바람일 뿐

"아무래도 수술 날짜를 잡는 게 좋겠어요."

의사가 심장수술을 권유했다. 이 얘기를 2년 전에도 들었지만 이렇게 빨리 다시 듣게 될 줄은 몰랐다. 전보다 심장 상태가 나빠졌다고 느끼지 못했기 때문에 더욱 놀라웠다.

잠시 마음이 요동쳤지만, 이내 덤덤히 의사의 말을 받아들일 수 있었다. 명상 덕분에 마음이 많이 강해졌다. 외래 진료 날짜를 예약하고 병원에서 나와 차를 타고 집으로 돌아오면서, 미세먼지가 걷힌 새파란 하늘을 보며 새삼 명상

하길 정말 잘했다고 생각했다. 수술은 힘들 테지만, 그 역시 삶의 한 조각으로 받아들일 수 있게 되었다.

명상원에 갔을 때 선생님에게 병원에서 있었던 일에 대해 이야기했다.

"2년 전과는 달리 마음에서 싫다는 저항감이 크게 올라오지 않았어요. 해야 할 일이라면 편안히 받아들이겠다는 마음이었죠. 수술 얘기를 부모님에게 꺼내면서도 전처럼 탓하고 울지 않았어요. 명상 덕분인 것 같아요."

가만히 얘기를 듣던 선생님은 뜻밖의 질문을 던졌다.

"그저 상황을 수동적으로 받아들이겠다는 마음인가요, 아님 적극적으로 받아들이겠다는 마음인가요?"

그로부터 두 달 뒤, 외래진료를 받았다. 심장내과에서는 늘 노인들 틈바구니에서 홀로 검사를 받고 진료를 기다린다. 한번은 한 아주머니가 '어린 사람이 어째서 혼자 여기에 있나?'는 질문도 했다. 내 또래는 보호자 신분으로 부모님을 모시고 오는 경우가 대부분이기 때문이다.

뒤이어 찾은 곳은 소아청소년과였다. 선천성 심장병이기

에 소아청소년과에서 진료를 받는다. 이번에는 온통 갓난아기나 어린이를 데리고 온 부모님들뿐이다. 거기서 다 큰 성인이 또다시 홀로 덩그라니 앉아 순서를 기다리고 있자니 묘한 기분이 들었다.

40분이 넘는 초음파 검사를 다시 했지만, 결과는 같았다. 위급한 상황은 아니지만 구멍 크기가 수술을 해야 할 만큼 상당히 크다. 판막은 손상되기 시작했고 한쪽은 모양까지 변형되었다. 내 경우는 합병증이 생기거나 구멍 위치 때문에 폐가 영향을 받을 확률이 높다. 상황은 계속 나빠질 텐데 더 기다릴 이유가 없다는 게 의사 소견이다.

다른 결과를 기대하기는 했지만 괜찮았다. 올해 안에 수술 받고 싶은 마음이 생겼다. 아마도 이런 마음이 선생님이 말한 적극적인 받아들임일까? 수술은 함부로 하면 안된다며 반대하는 부모님 때문에 어쩔 수 없이 다른 병원에 재검사를 받으려고 예약을 했지만 별다른 기대를 품진 않는다. 그렇다고 아직 닥치지도 않은 일에 대해 깊이 생각하지도 않는다. 조만간 있을 집중수행을 통해 내 안의 답을 들으려 한다.

삶을 전투라고 생각했던 시절이 있었다. 그 시절에는 내려놓고 받아들이면 패배자가 된다고 생각했다. 그래서 명상에서 말하는 삶의 태도가 수동적이라는 편견이 있었다. 앞으로 닥칠지 모르는 일을 대비해 최선을 다해 준비하고 원치 않은 일이 일어났을 때 힘껏 대항해 싸워나가는 일이 당연한 것처럼 여겨졌다.

그러나 명상을 통해 삶을 받아들이는 법을 배우고 보니, 그동안 잘못 생각해왔음을 깨달았다. 삶은 전투가 아니다. 어떤 상황이든 받아들이면 좋은 일도 나쁜 일도 그다지 크게 느껴지지 않는다. 삶과 조화를 이루고, 삶의 리듬을 탈 수 있게 된다. 저항이 적기에 주어진 삶을 조금 더 적극적으로 살아갈 수 있다. 어려운 상황이 오더라도 여유를 가지고 앞으로 내디딜 수 있는 힘을 지니게 된다.

《지금 이 순간을 살아라》로 유명한 작가 에크하르트 톨레 Eckhart Tolle 는 어느 인터뷰에서 삶에서 맞이하는 뜻밖의 상황들을 '갑자기 훅 불어온 바람'으로 표현했다. 그렇다. 바람일 뿐이다. 우리는 바람이 강하게 몰아친다고 불평하지 않는다. 그저 옷깃을 더 단단히 여미고, 가던 길을 걸어간다.

삶이 던져주는 예기치 못한 상황들도 그렇게 자연스럽게 마주하고 싶다. 좋은 일이든 나쁜 일든 똑같이 하루의 일과로 받아들일 수 있기를, 외줄 타기를 하듯 불안해하지 않고 든든히 서서 모든 것이 바람처럼 나를 통과해 지나갈 수 있기를 바라며 명상을 한다.

매사에 걱정 많고 예민했던 내가 이렇게 평온하다니 신기하기만 하다.

현재를 오롯이 사는 법

"세상에서 가장 중요한 때는 바로 지금 이 순간이고, 가장 중요한 사람은 지금 함께 있는 사람이고, 가장 중요한 일은 지금 내 곁에 있는 사람을 위해 좋은 일을 하는 것이다."

러시아의 사상가이자 소설가인 레오 톨스토이는 이렇게 말했다. 들을 때는 고개를 끄덕이지만, 정작 이 말대로 살아가는 일은 무척 어렵다.

명상 시간에 선생님이 가장 많이 하는 말이 바로 '현존'이다. 현존(現存), 말 그대로 현재에 존재하는 것이다. "지금

유연함과 견고함을 기르는 힘

"유연성뿐만 아니라 견고함도 아주 중요합니다."

오전 아쉬탕가 요가* 수업에서 강사님이 강조하는 것 중 하나가 '견고함'이다. 유연한 사람이라면 처음 요가를 하더라도 기본 동작쯤은 무리 없이 할 수 있다. 그래서 요가에 유연함이 가장 중요한 것처럼 보인다. 하지만 아쉬탕가처럼 강한 근력을 필요로 하는 요가를 하려면 흔들림 없이 자세

* 호흡을 중요하게 생각하는 움직이는 요가 명상법

하는 사람들이 많이 늘어났다고 한다. 몸만큼 마음 관리도 중요한데 우리는 여전히 마음을 돌보는 일에 게으르다. 나이에 상관없이 꾸준히 몸 관리를 하는 사람에겐 감탄과 칭찬을 아끼지 않으면서 왜 마음 관리는 소홀히 할까? 1킬로그램 늘어난 살에는 바로 경각심을 발동시키면서 온갖 쓰레기를 담고 있는 마음에는 왜 아무 조치를 취하지 않을까? 마음이 가벼워져야 비로소 삶이 진정으로 가벼워지고 건강해지는데.

명상원이 운동센터나 요가원만큼 늘어났으면 좋겠다. 언제 어디서든 필요할 때 명상할 수 있는 곳들이 많이 생기길 바란다.

를 유지하도록 해주는 견고함 또한 필수다.

삶도 마찬가지이다. 유연함이 강조되는 요즘이지만, 나 자신으로서 흔들림 없이 살아갈 수 있는 견고함도 중요하다. 이것이 없으면 발 한짝만 들어올려도 나머지 한 다리가 몸무게를 지탱하지 못하고 후들거리듯, 삶의 작은 사건에도 자꾸만 동요되어 흔들리게 된다.

유연함은 모든 일을 긍정적으로 받아들이게 해주는 바탕이다.

'이건 꼭 이런 방식으로 이루어져야 해.' '일주일 내에 반드시 해결되어야 해.', '이거 아니면 절대 싫어.'

살아가는 데에는 수없이 많은 방법과 길이 있다. 그런데도 우물 안 개구리처럼 내가 원하는 것만이 최선의 길이라고 고집하며 살아가면 삶은 우울하고 불행해질 수밖에 없다. 좋고 싫은 판단을 내려놓고 원하는 마음도 내려놓으면, 살아가면서 장애물을 만날 일이 비교적 적어진다.

유연함은 우유부단함이나 줏대가 없는 것과는 다르다. 모든 가능성을 열어두고 열린 자세로 세상을 맞이하는 태도이다. 유연함은 삶의 목표와 같이 거창한 것부터 일상 속 사소

이하고 대처하는 유연함을 배운다. 그렇게 삶의 조화를 찾

아가고 있다.

한 일들까지 모든 일을 스트레스 없이 가볍게 처리하게 해준다.

견고함 또한 중요하다. 견고함은 내가 나 자신으로 살아가는 데 있어서 아주 중요하다. 가치관, 신념, 생활 방식, 자존감, 어려운 상황에서도 다시 일어서는 회복탄력성과 같은 것들은 견고함을 지녀야 내 삶을 흔들림 없이 이어가게 해준다.

균형 있는 삶이란 견고함과 유연함이 조화를 이룬 삶이다. 갈대가 강한 바람에도 뽑히지 않는 이유는 몸이 잘 휘어질 뿐 아니라 좌우 사방으로 그물처럼 견고하게 땅에 뿌리내렸기 때문이다. 삶도 마찬가지다. 바람이 불면 휘어지더라도 다시 일어서는 유연함과 존재 근원에 든든히 넓게 뿌리 내리는 견고함을 지녀야 한다.

나는 명상을 하면서 이 유연함과 견고함을 기르고 있다. 삶에서 중요한 것들을 추려내고, 새로운 습관을 만들며, 집착과 판단을 내려놓고 굳건히 인생을 살아갈 견고함을 배운다. 또한 동시에 삶에서 만나는 어떤 상황도 적극적으로 맞

깨어있으십니까?" 명상을 하는 동안 선생님은 자주 이렇게 묻는다. 생각에 잠기지 말고 깨어나 지금 이 순간에 존재하라는 의미다. 가장 쉬운 듯하면서도 가장 어려운 일이 아닐까 싶다.

현재의 순간을 적이 아니라 친구로 만들어야 합니다. 대부분의 사람들은 현재의 순간을 일종의 장애물로 간주하고 살아갑니다. 다음 순간으로 나아가기 위해서 반드시 넘어야 할 장애물이지요. 그러니 스트레스에서 벗어날 수가 없는 겁니다.

댄 해리스가 쓴《10% 행복 플러스》에 나오는 구절이다. 나는 이 말을 읽는 순간 바로 이해할 수 있었다. 나 역시 현실을 행복한 미래로 가기 위해 견뎌내야 하는 고난 이상으로 여기지 않았기 때문이다. 그러니 삶이 즐거울 리가 없다.

나는 늘 꿈을 실현한 멋진 미래를 꿈꿨다. 그런 미래는 몹시 달콤했고, 그 속의 나는 언제나 반짝반짝 빛이 났다. 하지만 내 몸은 현재에 있다. 내가 살아갈 수 있는 시간도, 내가 원하는 걸 경험할 수 있는 시간도 지금 이 순간뿐이다. 과거도 미래도 우리가 만들어낸 개념에 불과하다. 내 머릿속에서 생각으로만 존재할 뿐, 실재하는 건 현재다.

이제야 깨달았다. 내 삶이 늘 지루하고 고인 물같이 느껴
졌던 이유를. 몸은 현재에 있는데 마음은 늘 미래에 머물렀
기 때문이다. 원하는 것을 이뤄도 늘 마음은 다시 앞선 미래
에 가 있기에 언제나 부족함만 느꼈다. 성취감을 느낄 새도
없이 새로운 소원의 결핍만이 보였고, 현재는 늘 아무 변화
도 없이 더디게 이어지기만 하는 시간, 그 이상도 이하도 아
니었다.

미래를 과도하게 염려하고 또 기대하는 것이 우리 모습이
다. 그래서 우리는 현재를 즐기지 못하고 산다. 대다수 한국인
에게서 나타나는 증상이다. 고등학생은 오직 대학을 가기 위
해, 대학생은 직장을 얻기 위해, 중년은 노후 준비와 자식의
성공을 위해 산다. 많은 사람이 미래의 무엇이 되기 위해 전력
질주한다. 이렇게 'becoming'에 눈을 두고 살지만, 정작 행복
이 담겨 있는 곳은 'being'이다.

심리학 박사 서은국 교수의 책《행복의 기원》에 나오는
구절이다. 나 역시 있는 그대로 존재하지 못하고 무엇이 되

려고만 했다. 그래야만 행복할 수 있다고 착각했다. 하지만 되어야만 하는 미래의 '무엇'은 끝이 없다. 현재에 살면서도 현재를 오롯이 살지 못한 채 벌써 40년 넘게 허비했다.

명상을 해도 현재에 온전히 충실한 삶을 살기는 어렵다. 내 마음은 여전히 고삐 풀린 망아지처럼 제멋대로 움직인다. 그래도 다행인 건 고삐를 제대로 잡는 방법을 알게 되었다는 사실이다. 이제는 날뛰기 전에 제어할 수 있다. 생각과 마음을 알아채면 전에는 없던 선택권이 생긴다. 이 감정과 생각을 계속 쥐고 있을까? 아니면 여기서 놓을까?

무의식적으로 하는 단순한 생각이나 행동에도 그 바탕이 되는 것이 반드시 있다. 그것을 알아차리면 새롭게 선택할 옵션이 생긴다. 전에는 어쩔 수 없다고 여겼던 내 행동과 반응을 스스로 선택하는 자유가 생긴다. 어쩌면 이게 진정한 의미의 자유일지도 모르겠다.

지금 바로 이 순간, 내가 앉아 숨을 쉬는 이곳뿐이다. 깨어 있자.

어깨에 힘을 빼고

어느 날 선생님이 동영상을 보여줬다. 붉은 승복을 입은 파란 눈의 스님 이야기였다. 스님은 어릴 때부터 마음이 고통스러웠기에 어떻게든 그 상황에서 벗어나고 싶었다. 그러다 20대에 승려가 되었고 그때부터 열심히 수행을 했다. 하지만 수행을 할수록 행복하지 않았다. 더 고통스러울 뿐이었다. 더 이상 참을 수 없어서 스승에게 말했다. "이렇게 열심히 수행을 하는데도 왜 저는 괴로울 뿐인가요?"

그러자 스승은 이렇게 말했다. "더 나은 단계로 나아가 깨달음을 얻어야 한다는 마음으로 수행을 한다면 괴로울 수밖에 없습니다." 그리고 스님은 스승님의 말을 통해 깨달았다. 자신이 더 높은 자아와 깨달음을 얻기 위해서만 수행을 했음을.

그 영상을 볼 무렵, 나는 삶의 목적과 길을 알고자 명상에 몰두해 있었다. 내가 어떤 삶을 살아야 하는지 도통 알수 없어서, 차라리 운명적으로 어떤 길이 나타나기를 바랐다. 그런데 명상을 할수록 더 혼란스러울 뿐이었다. 답답함이 올라오고 산만해졌으며 의심도 들었다. 필사적으로 매달렸지만 실패뿐이었다. 그러면 낙담하고, 심기일전하는 마음으로 다시 명상에 매달렸다. 그럼 또 실패였다. 그러다 다시하고⋯⋯ 악순환이었다. 어떠한 대답도 영감도 얻을 수 없었다.

이 영상을 보고 나서야 깨달았다. '내가 그동안 무슨 명상을 한 거지?' 명상은 끊임없이 내려놓기다. 흘려보내기다. 생각, 목표, 마음, 마지막에는 알아차리는 의식조차 내려놓는 일이다. 그런데 나는 삶의 목표를 찾겠다는 일념으로 명상을 했다. 갈망할수록 결과는 절망이었다. 동영상의 스님과 다르지 않다. 집착하는 것을 꼭 쥔 채 명상을 한들 제대로 될 리가 없다. 마음의 평화는커녕 더 고통스럽고 괴로워짐이 당연하다.

명상을 통해 꽃길만 걷는 인생을 살겠다는 마음을 버렸다. 명상을 한다고 매사 즐겁기만 한 것은 아니다. 아무 문제가 생기지 않는 것도 아니다. 오르막이 있으면 내리막이 있고, 웃을 일이 있으면 울 일도 생긴다. 희노애락이 끊임없이 이어지는 것이 바로 우리 삶이다. 복잡다양한 상황들을 어떻게 받아들이냐에 따라 꽃길 가득한 삶이 될 수도, 가시밭 가득한 삶이 될 수도 있다.

잠자리에서 자애 명상을 하다 문득 깨달았다. 이제는 나 자신은 물론 가족을 위해 자애 명상을 해도 아무런 거부감이 들지 않는다는 것을. 언제부터 변했을까? 처음 가족을 위한 자애 명상을 시도했을 때는 거부감이 너무 심해서 도무지 할 수가 없었다. 가슴속에서 밀쳐내려 애썼던 감정의 응어리가 지금은 하나도 느껴지지 않는다. 그리고 자애를 보내는 말 하나하나에 진심을 담게 되었다. 애쓰지 않았는데 마음속에서 사랑이 회복되어감을 느낀다.

스물네 살에 죽기로 마음먹은 벨기에 여성 이야기를 담은 다큐멘터리, 〈24 & Ready to die〉를 우연히 보게 됐다. (벨기에는 죽을 권리를 인정하는 국가 중 하나다.) 말기 환자가 안락사를 택하는 경우는 봤어도 젊은 여성이 우울증에 걸려 안락사를 선택하는 걸 보기는 처음이었다. 그 여성은 다행히 처음 시도에선 막판에 결정을 되돌렸지만, 2년 후 결국 스물여섯의 나이로 삶을 마감했다.

영상을 보는 내내 눈물이 흘렀다. 일면식도 없는 그 여성의 고통이 너무 안타까웠다. 그 영상은 상당한 충격을 안겼고, 죽음에 대해 새로운 시각으로 보는 계기가 되었다. 내일 당장 죽는다면 무엇이 가장 아쉬울까? 불과 얼마 전만 해도 이루지 못한 소원이나 부유한 생활 같은 것들을 떠올렸을 것이다. 그러나 이제 그런 건 떠오르지 않았다. 몹시 추운 날씨에도 눈부시게 빛나는 햇빛을 더 이상 쬘 수 없다는 것, 좀 더 적극적으로 아름다운 자연을 찾아다니지 않았던 것, 주변 사람들을 더 많이 사랑하지 못했던 것. 이런 소박한 것들만이 마음에 남았다. 인생의 의미에 대해서 고민하게 되었다. 마흔을 훌쩍 넘긴 이제야 처음으로 삶의 의미와 목적이 진정으로 궁금해졌다.

명상으로 더 나은 사람이 됐다고 자신 있게 말할 수 없다. 하지만 삶에 조금 더 성숙한 자세로 임하게 되었고, 예전보다 조금은 더 선한 마음을 갖게 된 것은 확실하다.

"명상은 다른 사람, 새로운 사람, 또는 더 나은 사람이 되기 위한 것이 아니다. 당신이 생각하는 방식과 이유를 깨닫는 연습이고, 그 과정에서 건강한 시각을 얻기 위한 것이다."

세계적인 명상 앱 '헤드 스페이스'를 만든 앤디 푸디콤^Andy Puddicombe이 내린 명상에 대한 정의를 보면 명상이 더 쉽게 느껴진다.

매일 아침 요가를 하러 요가원에 가듯, 나의 마음을 조금 더 잘 알고 건강하게 살기 위해 명상을 한다. 좋은 상황과 나쁜 상황 모두를 그 자체로 받아들이기 위해 명상을 한다. 있는 그대로의 나와 잘 지내기 위해 명상을 한다. 지금 이 순간의 삶을 사랑하기 위해 명상을 한다. 나름 의미 있는 삶을 살기 위해 명상을 한다.

어깨에 힘을 잔뜩 넣은 채 살아왔던 지난날에 이별을 고한다. 이제 명상과 함께 가볍고, 단순한 삶을 향해 걸어갈 것이다. 나의 시간 속에서 내 속도대로 느리지도 빠르지도 않게, 어깨에 힘을 빼고.

· 참고문헌 ·

〈수행과 지혜〉 쉐우민 수행 센터
《야생의 실천》 게리 스나이더 글, 이상화 옮김, 문학동네
《새는 날아가면서 뒤돌아보지 않는다》 류시화, 더숲
《おしゃれなホームレス》 Vice Japan, 2014
《먹고 기도하고 사랑하라》 엘리자베스 길버트, 민음사
〈Even the best meditators have old wounds to heal by Jack Kornfield〉 Yoga Journal, 1989
〈도덕경 강의〉 김상대, 국학자료원
《나는 단순하게 살기로 했다》 사사키 후미오, 김윤경 옮김, 비즈니스북스
《긍정의 배신》 바버라 에런라이크, 전미영 옮김, 부키
《아무것도 남기지 않기》 아잔 브람, 지나 옮김, 불광출판사
《비범한 정신의 코드를 해킹하다》 비셴 락키아니, 추미란 옮김, 정신세계사
〈Claire Wineland 강연〉 TEDx Cardiff by the Sea, 2017
《해피니스 트랙》 에마 세팔라, 이수경 옮김, 한국경제신문
《상처받지 않는 영혼》 마이클 A. 싱어, 이균형 옮김, 라이팅하우스
《그때 장자를 만났다》 강상구, 흐름출판
《티 소믈리에가 알려주는 차 상식사전》 리사 리처드슨, 공민희 옮김, 길벗
《행복의 정복》 버트런드 러셀, 이순희 옮김, 사회평론
《행복의 기원》 서은국, 21세기북스
《10% 행복 플러스》 댄 해리스, 정경호 옮김, 이지북